dtv

W0398035

Die ungewöhnliche Liebesgeschichte zweier vom Leben Enttäuschten: der Archäologin Sophia, die ihr Geld damit verdient, Produktnamen für Parfüms zu erfinden, und des stummen Historikers Johannes, der an einer Biographie des Esperanto-Erfinders Ludwig Lazarus Zamenhof schreibt. Er lädt Sophia, die er bislang nur angelächelt hat, auf einen Abstecher nach Belgien ein, in die Nähe von Liège. Da, wo früher beinahe der erste Esperanto-Staat entstanden wäre, geschehen merkwürdige Ereignisse. Sophia findet endlich Worte für ihren Schmerz, und als nach einem tragischen Unglück während der Totenmesse ein Schuss fällt, scheint mit einem Mal wieder alles möglich …

›Grüner Engel, blaues Land‹ ist eine Liebeserklärung an die Freiheit und an die Macht der Worte – poetisch und intelligent, frivol und nachdenklich.

Dagmar Leupold wurde 1955 in Niederlahnstein geboren. Sie studierte Germanistik, Philosophie und klassische Philologie in Marburg und Tübingen sowie Allgemeine und Vergleichende Literaturwissenschaft in New York, wo sie auch promovierte. Sie schreibt Gedichte und Prosa. Zuletzt erschienen ihr Roman ›Nach den Kriegen‹ und ihr Essayband ›Alphabet zu Fuß‹. Für ihr Werk wurde sie unter anderem mit dem Bayerischen Literaturpreis, dem Aspekte-Literaturpreis und dem Montblanc-Preis geehrt. Ihr Roman ›Eden Plaza‹ wurde von Fred Breinersdorfer verfilmt. Dagmar Leupold lebt in München.

Dagmar Leupold

Grüner Engel, blaues Land

Roman

Deutscher Taschenbuch Verlag

Von Dagmar Leupold
sind im Deutschen Taschenbuch Verlag erschienen:
Eden Plaza (13225)
Edmond: Geschichte einer Sehnsucht (13279)
Nach den Kriegen (13501)

August 2009
Deutscher Taschenbuch Verlag GmbH & Co. KG,
München
www.dtv.de
© Verlag C.H. Beck oHG, München 2007
Umschlagkonzept: Balk & Brumshagen
Umschlaggestaltung: Wildes Blut,
Atelier für Gestaltung, Stephanie Weischer
Umschlagfoto: plainpicture/Millennium
Satz: Fotosatz Amann, Aichstetten
Druck und Bindung: Druckerei C.H. Beck, Nördlingen
Gedruckt auf säurefreiem, chlorfrei gebleichtem Papier
Printed in Germany · ISBN 978-3-423-13798-0

Über die ganze Länge des Tischs hatte sie ihm den Apfel zugeworfen, dabei ausgeholt wie ein Baseball-Spieler, in einer einzigen langen, eleganten Bewegung, hatte «grüner Engel, meine Lieblingssorte» gerufen und gelacht, mit schönen Zähnen gelacht, Zähnen, denen man die unzähligen verspeisten Äpfel ansah.

Sie kannten sich kaum. Aber der Engel, den er mit einer Hand auffing, zum Mund führte und mit einem metallischen Knacken anbiß, hatte ihn waghalsig gemacht. Fährst du mit mir nach Ostbelgien? schrieb er auf eine Serviette, die er, zu einem festen Ball gepreßt, Sophia zuwarf.

Ohne Zögern hatte sie zugesagt. Zwei Tage, Mittwoch und Freitag, Urlaub genommen. Donnerstag war Fronleichnam, und Sonntag würde der Rückreisetag sein. Oder Montag. Spätestens Montagnachmittag wäre sie wieder in ihrem alten Leben ansässig. Erstaunt über die ausgebliebene Veränderung oder berührt durch die eingetretene. Ostbelgien, hatte er erklärt, ein kleiner Ort unmittelbar hinter der Grenze, Aachen keine zehn Kilometer entfernt. Warum eigentlich nicht? hatte sie gedacht.

Das sagt man immer dann, wenn es in Wirklichkeit keinen guten Grund gibt, etwas zu tun.

Hätte das Abwägen auch nur einen kurzen Moment länger gedauert – sie hätte abgelehnt. Mit einem stummen Mann, den sie flüchtig aus der Bibliothek der Historiker kannte, mehrere Tage, Urlaubstage zu verbringen – abwegig. Es fiel ihr schwer, die taubstummen Freunde ihres gehörlosen Bruders zu ertragen, die ihre Gebärden mit hohen Schreien und Klagelauten begleiteten, so, als würden sie gequält. Johannes tat das nicht, Johannes verstand auch, er sprach nur nicht. In der Bibliothek hatte er sie, bei ihren wenigen Begegnungen, zuverlässig angelächelt.

Grüner Engel. Säuerlich, gerade so säuerlich, daß der Zucker die Zunge überraschte, frisch wie ein Aufbruch. Nichts Rotbackiges, Winterliches, sondern grün, vornehm grün. Ein wenig England, seine Haut, mit blassen Sommersprossen, ein wenig, im Anbiß, schöner, deutscher Bauerngarten.

Ein kurzes Treffen, eine sehr sachliche Verabredung, er würde sie abholen. Sophia antwortete immer wieder mit Gebärden, sprich mit mir! forderte er sie auf, ich höre gut und verstehe alles.

Und nun saßen sie zusammen in dem blauen Fiat, Modell Lieferwagen; hinter den Scheiben, in der Maisonne auftrumpfend, die Pfalz.

Die Nähe war unbehaglich. Beide hielten den Blick regungslos auf die Straße gerichtet, als wäre sie die Leinwand, auf der sich das Entscheidende abspielte. Bei Johannes, der fuhr, konnte man die Starre auf die Konzentration schieben, die der dichte Verkehr erforderte. Und während er fuhr, konnte er selbstverständlich nichts aufschreiben. Und nur eingeschränkt mit Gebärden sprechen.

Bei ihr war die Reglosigkeit einfach nur grotesk. Ihre Füße standen wie verwaiste Fracht unter dem Armaturenbrett, nicht einmal die Schuhe streifte sie ab. Sie drückte auch nicht auf die Sendertasten des Radios, sang oder summte nicht und angelte keine Zigarette aus der Schachtel, die im Fach unter der Handbremse lag. Eine Art Beifahrer-Dummy. Sie schaute nur geradeaus, Johannes' Hände auf dem Steuerrad im Augenwinkel. Sie hätte nicht einmal sagen können, was er trug. Das Schönste an ihm waren die Sommersprossen: im Gesicht, auf den Armen, den Handrücken. Ganz dünn die Haut, er wurde sicher leicht rot. Weiblich. Die Frisur dafür jungenhaft. Kaum graue Haare. Sie konnte ihn sich in keiner Situation vorstellen, in der man die Fassung verliert, er hatte etwas durch und durch Maßvolles, Ausgewogenes. Die einzige Situation, in der sie ihn sich vorstellen konnte – in diesem Moment –, war beim Friseur. Er war vermutlich jemand, der immer nur angab «dasselbe in kürzer» und sich dann in eine Zeitschrift, nein, in ein mitgebrachtes Buch vertiefte, als hätte der Kopf im Spiegel nicht das Geringste mit ihm zu tun. Bis der Friseur, dessen Vornamen er beharrlich nicht kannte, ihm die Haare aus dem Kragen pinselte. Warum er wohl stumm war? Konnte man überhaupt stumm sein, ohne taub zu sein? Welche Stimme würde er haben? Wie viel in der Stimme lag. An Auskunft, an Körperlichkeit. Die einverleibte Sprache. Noch immer, nach mehr als einem Jahr, hatte sie die Stimme ihres Mannes im Ohr, wenn er anrief, das «ich bin's», außer Atem vom Spurt zur Telefonzelle, die Stimme noch rauh. Dann die Pause, in der sie das Versprechen nachklingen ließ, die darin eingebettete Gewißheit. Ich und du.

– Sophia? (Johannes sprach ihren Namen innerlich aus: ein schöner Dreiklang)

Er wandte den Kopf nach rechts. Sophia hatte die Augen geschlossen, den Kopf zurückgelehnt. Strenges Profil, das Runde, Weiche ihres Gesichts von der Seite unsichtbar. Er mußte an das Gespräch, halb geschrieben, halb gebärdet, denken, das dem fliegenden Apfel gefolgt war. Spielerisch, geistreich, werbend. Ihre prompte Zusage. Dann, unvermittelt, war ihm das Aufgeladene, Neckende und Lockende ihres Austauschs dumm und angestrengt erschienen, ein

Balztanz, reflexartig ausgebrochen, stur wie ein Computerprogramm. Wer sprach da eigentlich aus ihm? Wer war sie bloß? Warum hatte er sie gefragt? Weil er sie ein paarmal in der Bibliothek beobachtet hatte, wie sie, die Arme mit einem Bücherstapel hoch über dem Kopf erhoben, durch ein leichtes Schwenken ihrer linken Hüfte der Tischecke auswich, dabei ein vollkommenes Gleichgewicht wahrte und ein versonnenes Lächeln aufsetzte, als gäbe eine innere Musik ihr den Einsatz? Weil er ihre Stimme, die kehligen Abgründe darin, das versteckte Lachen, so mochte?

Wie überhaupt lernt man einander kennen, führt einander ein in die bis zum entscheidenden Moment ungeteilten Räume, Lebensläufe, Lebensabgründe manchmal, in die über Jahre angehäufte Langeweile und Hoffnung, es möge anders werden: reicher, unverwechselbarer, heiterer. Er war Ende vierzig, kein Alter, und dennoch schwindelte es ihm bei der Vorstellung an die Stunden, Wochen und Monate, die es kosten würde, den anderen mit dem eigenen Leben bekannt zu machen: mit dem Lieblingsgericht, mit der Verzweiflung des einstigen Kindes beim Anblick der geplatzten, zerlaufenen Blutwurst in der Pfanne, mit den Abschieden, den Verraten, der Todesangst, der faden Lust, der weltumspannenden Lust, mit dem Gefühl des Schrecks zweiter Hand, das fiel ihm besonders jetzt, sechzig Jahre nach Ende des Krieges, angesichts der Bilderflut auf. Überhaupt mit dem Verdacht, nichts echt zu empfinden, sondern ein Repertoire übernommener und verordneter Gefühle zu verwalten. Den eigenen nicht zu trauen. Den der anderen auch nicht. Alles hatte ein Format, die Trauer, das Gedenken, die Liebe. Alles aus zweiter Hand, alles. Wie um alles in der Welt konnte er den anderen – diese junge Frau namens Sophia – bekannt machen mit der Freude über die verschwenderische Blüte der Pfingstrose, die er als mickrigen Steckling im Blumensortiment eines Supermarkts vor Jahren gekauft hatte und die ihn, der damals gedacht hatte, viel ist nicht verloren, wenn sie eingeht, nun Jahr um Jahr mit ihrer Pracht beschämte? Wie? Ohne Stimme, noch dazu. Im üppigen, dunkelroten Innern der Pfingstrosenknospe wimmelte es von Ameisen, die er als Eindringlinge betrachtete, als Konkurrenten, und ausmusterte. Ein tiefes Rot, wie Muskelfleisch, durchblutet. Zwei Stockwerke legten die Ameisen zurück, um dieses Rot zu erobern. Vielleicht fraßen sie auch nur die Läuse, die er übersah. Die Pfingstrose war schön. Lautlos. Wer stumm ist, hatte ein Freund einmal zu ihm gesagt, muß einen Roman schreiben, wenn er eine Liebesgeschichte erleben will. Oder doppelt so lange leben. Also ein Roman, hatte er geantwortet und dabei gelacht, damit der Freund verstand, daß ihm der Witz nicht entgangen war.

Johannes öffnete beide Fenster, die Monotonie des grauen Asphaltbandes vor ihm verlieh seinen Gedanken etwas Tiradenhaftes, das er vertreiben wollte. Eine innere Schwerfälligkeit war das, die er verabscheute. Unsportlich, untätig, vorgestrig. Wo, fragte er sich, nahmen die anderen ihren Schwung her. Ein Wunder, daß diese Frau neben ihm saß: so beherzt, lebenstüchtig, erfolgsgewöhnt. Sie schien immer ein wenig außer Atem von ihrem eigenen Elan. Ein Windstoß wirbelte Tankquittungen und Parkzettel in einem Reigen durch den Innenraum, Sophia gähnte, reckte sich und fragte: «Sind wir da?»

– Gleich. Johannes nickte und streckte seine Hand aus zu ihrem Arm, ohne Berührung, gleich.

Sie verließen die Autobahn. Bei dem Schild, das vor einigen Kilometern den Speyerer Dom als Sehenswürdigkeit angepriesen hatte, hatte Sophia im Ton einer wissensdurstigen Reisenden vorgeschlagen, ihn zu besichtigen – ohne rechtes Interesse eigentlich, aber mit Gefallen an der Idee einer beschaulichen Reise.

– Auf Kohls Spuren. Johannes machte eine weit ausholende Bewegung – der Bauchumfang – und betrachtete sie erneut von der Seite. Zufrieden, als sie, die Lachfältchen zeigten das, lächelte, gutmütig. Fast hätte sie dasselbe gesagt. Er wünschte sich, die Fältchen zu berühren, die wie ein plötzlich aufgeklappter Fächer erschienen und im Ernstfall wieder verschwanden.

Durch einen kleinen Park liefen sie auf den Dom zu. Das gravitätische Hauptschiff hatte, fand Sophia, Ähnlichkeit mit dem brachliegenden Kadaver eines Tieres, eines ausgestorbenen Tieres, der rote Sandstein der Fassade wie aufgeschürfte Haut. Etwas an Speyer, der sommerlichen Hitze (statt frühlingshafter, zögerlicher Wärme), den aufgeputzten Straßen der Altstadt, den tanzenden Trachtlern – ein Volksfest anscheinend, oder eine Werbeaktion, das war ununterscheidbar – machte ihr unversehens schlechte Laune, der stumm neben ihr gehende Johannes auch. Ohne Augenkontakt herrschte Schweigen. Das irritierende Gefühl, neben ihrem Bruder herzugehen. Sie schaute hinab zu ihrer beider Füße, wie sie einig über das Pflaster schritten. Warum sie darüber Rührung empfand, blieb ihr rätselhaft. Johannes trug feste Lederschuhe, die ihr gefielen. Schmal, elegant, trittfest, im Braunton von Bärenfell, sie sahen aus wie handgefertigt, auf diese Füße zugeschnitten, das Leder alt, aber glänzend gepflegt. Solide und festlich. Einmal, vor Jahren, hatte sie im Halbdunkel des Schlafzimmers vor dem Mann, den sie ihren nannte, gekniet – er noch in Anzug und Krawatte, sie bereits nackt – und hatte versucht, ihm die

Schnürsenkel zu lösen, die sich so verknotet hatten, daß es ihm, sitzend hinabgebückt, nicht mehr gelang. Auch vor Lachen nicht mehr gelang, denn das Inoffizielle, Ungeschützte ihrer Nacktheit und das seriös Geschäftliche seines Aufzugs, der sich gegen ihre winterlich helle Haut ausnahm wie eine Rüstung, brachte beide zum Lachen. Ein Lachen, das man nicht mehr selbst steuern oder abbrechen konnte, ein Lachen, bei dem das Zwerchfell schmerzte. Sie fühlten sich wie Schauspieler, unverantwortlich, einem bizarren Regieeinfall gehorchend, erregt und bewegt. Nie wieder, hatte er damals gesagt, nie wieder will ich dich so lange vierzehn Tage vermissen.

Er hatte sie nie Geliebte genannt, sie hatte an ihn nie als ihren Geliebten gedacht. Aber sie war es, genau das war sie nach der bürgerlichen Nomenklatur: die Geliebte eines seit einem Vierteljahrhundert verheirateten Mannes. Der tagaus, tagein (die wenigen Tage, die sie miteinander verbringen konnten, ausgenommen) seiner echten Frau beim Frühstück gegenübersaß, die recht hatte: das Recht auf die leise Nachlässigkeit, die mit Häuslichkeit und Intimität einhergeht, das Recht auf schlechte Laune, das Recht, ihn anzurufen, wann immer ihr der Sinn danach stand. Das Recht, in der Nacht sein Kissen zu übernehmen. Er hatte, auch ohne sie, einen Stammplatz. Sie vagabundierte. Geliebte sind Nomaden.

Und dennoch: Immer wieder hatten sie sich versichert, du bist meine Frau, ich bin dein Mann. Als müßten sie sich gegenseitig die Unwahrheit einprägen. Als könnte man das Unmögliche auf Namensumwegen beschwören. Als stimmte es auf irgendeinem unbekannten Stern.

Zum ersten Mal geschah das in Goethes Gartenhaus in Weimar, in der niedrigen Küche standen sie mit eingezogenen Köpfen, sie an ihn gelehnt: *In diesem Ofen brieten die Fasane, die Goethe so liebte.* Der Museumsführer sprach noch (es ging nun um leichten Moselwein), da hörte sie ein Flüstern, ein Rascheln, einen Zungenschlag im Ohr: Willst du meine Frau sein? Sie hatte sich so heftig umgedreht, daß ihr Jochbein an sein Kinn stieß, der Schmerz war scharf, Tränen schossen ihr in die Augen. Ja, ich will, hatte sie geantwortet, und die Kraft der Behauptung hatte ihr die Luft genommen. Die Verbannung der Wirklichkeit war geglückt – einen Atemzug lang und tausende danach.

Im Dom ging Johannes schnurstracks hinab in die kühle Krypta mit den Sarkophagen der Kaiser; Sophia stieg ihm mechanisch hinterher. Die feuchte Kälte des Gewölbes lag wie Tau auf der Haut. Sie las zerstreut die Erläuterungen mit, die Johannes ihr hinhielt; ein kleines Heftchen zur Geschichte des Doms, das er am Eingang gekauft hatte. Ihr gefiel am besten der darin gar nicht erwähnte steinerne Löwe, der im Maul den Körper eines Mannes trug – ob er das aus Fürsorge für ein anderes Geschöpf tat oder aus Beutetrieb, blieb verwunderlich offen. Der Stein weich und bröckelig, so daß Gliedmaßen und Gesichtszüge nur angedeutet schienen. Als handele es sich bei der Skulptur nicht um ein Überbleibsel, sondern um einen Entwurf aus byzantinischer Zeit, dem noch die letzten Ausführungen fehlten. Das Unfertige und das Genaue trafen sich hier wie in einer Skizze und waren doch der Zerstörung verdankt. Das Unfertige und das halb Zerstörte sahen sich zum Verwechseln ähnlich.

Wieder zurück im gleißenden Licht vor dem Hauptportal, lud Johannes Sophia zu einem Eis ein; mit den Waffeln in der Hand gingen sie durch die sengende Hitze zum Auto zurück und fühlten sich jünger, als sie waren.

Sophia fuhr zügig, zu Johannes' Überraschung, sie schaltete, lenkte und kuppelte so unangestrengt, so geradezu musikalisch, daß er ihr fast ein Kompliment gemacht hätte. Dann fürchtete er sich und ließ es. Der Verkehr hatte zugenommen, Sophia fädelte sich beherzt zwischen zwei Lastwagen auf die rechte Spur und beugte sich dann zum Radio.

«Musik?»

Vielleicht hoffte sie, das Beklommene zu vertreiben. Johannes nickte also und begann darüber nachzudenken, woher die Redewendung «Schnapsidee» käme. Ohne Schnaps kamen jedenfalls auch keine besseren Ideen zustande. Sophia setzte zum Ausscheren an, Johannes schaute auch nach links – reiner Reflex, hätte er erklärt, wenn sie es bemerkt hätte – und nahm sich vor, mitteilsamer zu werden, als ein Stein, groß wie ein Tischtennisball, von der Ladefläche des voranfahrenden Lastwagens gegen die Windschutzscheibe krachte, die sofort um den Punkt des Aufpralls herum kreisförmig splitterte, nein, nicht eigentlich splitterte, sondern gerann, stockte, in winzige Glasbrösel zerfiel, die im Innern der Scheibe festgehalten wurden. Sophia hatte wohl aufgeschrien, aber geistesgegenwärtig den Überholvorgang abgebrochen, die Warnblinkanlage eingeschaltet und war auf die Standspur gefahren.

Sie sahen sich an, stoßweise atmend, und einen kurzen Augenblick lang schien es, als würden sie sich, zum Kuß, einander zuneigen. Dann aber drückten sie sich nur fest die Hand, als wären sie handelseinig geworden.

«Irgend etwas fliegt bei uns immer, anscheinend», sagte Sophia mit ernstem Gesicht.

– Wir müssen den ADAC anrufen. Johannes zog seine Mitgliedskarte aus dem Geldbeutel, reichte sie ihr. Kalte Fingerspitzen.

Sophia öffnete eine Fingerbreite das Fenster, telefonierte, noch ein Beben in der Stimme, griff nach einer Zigarette und inhalierte den ersten Zug tief. In einer elegant geschwungenen Kurve zog der Rauch durch den schmalen Spalt, ein Windstoß nahm ihn draußen in Empfang und verwehte ihn. Das luftige, hauchdünne Rauchsegel hatte nichts mehr mit ihrer Zigarette zu tun.

Während sie auf den Abschleppdienst warteten, wurde Sophia gesprächig, Johannes zappelig. Als hätte die überstandene Gefahr die Notwendigkeit eines Austauschs, einer gegenseitigen Vergewisserung hergestellt, welche die Rettung erst besiegelte. Die Scheibe blind – ein Gefühl stellte sich ein aus Kinderzeiten: Wer selbst nicht sieht, wird auch nicht gesehen. Sophia sprach zu laut, mit der deutlichen Aussprache einer Lehrerin, Johannes legte den Finger auf die Lippen. Sie nickte zu jeder seiner Gesten, als müsse sie ihn, das Schulkind, bei seinem wortlosen Vortrag unterstützen. Jedes vorbeirasende Fahrzeug versetzte den Fiat in Schwankung, wie von einer hohen Woge getroffen. So unvermittelt wie sie begonnen hatten, sich über Reisen, Pannen und den Segen bruchsicherer Scheiben zu verständigen, verfielen sie in Nachdenken, Stille. Nur das Rauschen der Reifen auf Asphalt.

Irgendwann – Sophia hatte das Gefühl, unermeßlich viel Zeit sei vergangen, seit sie sich, eingeschlossen in der Enge des Autos, auf lachhafte Weise zum Paarsein gedrängt fühlte –, irgendwann also schnallte sie sich ab und schaute zu Johannes. Wohin fahren wir eigentlich genau? Er erwiderte ihren Blick, las darin die Aufforderung, etwas zu tun, und auch eine gewisse Belustigung. Er löste seinen Gurt und beugte sich zum Rücksitz. Er kam Sophia so nah, daß er sie riechen konnte. Parfum, Seife, Deodorant – nichts Extravagantes – und darüber eine schmale Schweißspur: der Schreck.

Johannes wuchtete seine dicke Aktentasche nach vorne, legte sie sich auf den Schoß, öffnete zeremoniell das Schnappschloß und zog ein schmales, in rotes Leinen gebundenes Bändchen hervor. Sophia betrachtete sich im Außenspiegel, blies eine Haarsträhne aus den Augen, abwartend.

– Dort fahren wir hin.

Sein Finger lag unter einer altertümlichen Landkarte, oben links sah man in einem wappenförmigen Bildchen die Königin der Niederlande, Wilhelmine, darunter König Albert von Belgien und rechts oben Kaiser Wilhelm II. Das sei, schrieb Johannes auf einen Block, den er aus der Aktentasche zog, die Lagekarte von Moresnet, das gut hundert Jahre lang, nämlich von 1816 bis 1919 – der Vertrag von Versailles –, eine Art neutrales Gebiet war, beinahe sogar ein Staat, und um ein Haar der erste und einzige Esperanto-Staat geworden wäre, ein Ländchen, das sich Preußen und die Niederlande, später Belgien gewissermaßen geteilt hätten, in gemeinschaftlicher Verwaltung und einträchtiger Ausbeutung eines Zinkerzbergwerks. Es habe zwei Sperrstunden, zwei Gerichtsbarkeiten und andere Kuriositäten gegeben, die größte Kuriosität sei aber gewesen, daß es keinen Krieg um die kostbare Ressource Zinkerz gegeben habe. (Wohl aber jahrzehntelange Verhandlungen um den Grenzverlauf.) Johannes holte tief Luft; er empfand seinen Eifer auf einmal als übertrieben. Er hatte fast stenographiert. Und sich weniger wie ein Forscher ausgedrückt, mehr wie ein Liebhaber.

Sophia rutschte auf ihrem Sitz hin und her, tatsächlich ratlos. Sie saßen auf der Standspur einer sehr befahrenen Autobahn fest, der Pannendienst ließ auf sich warten, und ihr fremder Begleiter berichtete nach Art eines frisch Verliebten – in kaum leserlicher Schrift, zwischendurch wild fuchtelnd, gut, daß niemand sie sah – von einem merkwürdigen Staatengebilde, zu dessen Überresten sie anscheinend unterwegs waren. Sie haßte ausführliche Darlegungen, die nichts mit den eigenen Erfahrungen zu tun hatten. Den Predigtton von Männern. Und hätte lieber von Johannes erfahren, wie er sich fühlte mit der unbekannten Frau an seiner Seite, einer zerstörten Frontscheibe und ungewissen Aussichten. Ob er sich wünschte, mit ihr zu schlafen. Auch ob sie es sich wünschte, hätte sie gerne von ihm gewußt. Sicherlich erwartete er neugieriges Nachfragen von ihr. Sie gab sich einen Ruck, widerwillig.

«Was hast du damit zu tun?»

– Ich soll eine Biographie Zamenhofs schreiben. Johannes bemühte sich um ruhigere Gebärden. Sophia zeigte keine Reaktion – ob ihr der Name ein Begriff war oder nicht.

– Es gibt keine deutschsprachige, lieferbare Darstellung seines Lebens und Werks. Zamenhof war der Begründer des Esperanto. *Zamenhof* schrieb er auf und drehte den Block zu Sophia. Die schaute kurz hin, nickte, aber Johannes sah den Verdruß. Und hielt inne.

«Wir haben noch so viel Zeit», sagte Sophia, «jetzt müssen wir erst mal das Problem» – sie zeigte auf die Scheibe – «lösen, dann kannst du mir mehr davon erzählen.»

Sie legte ihre Hand auf sein Bein und spürte die starke Anspannung der Muskeln. Sah die aufsteigende Röte am Hals.

Dann schaltete Johannes das Radio wieder ein, *In The Summertime*, vom Sprecher ständig unterbrochen, er kannte das Lied. Die Melodie lag, wie alle anderen Melodien, eingetrocknet auf seinen Stimmbändern. Gefriergetrocknet. Manchmal hatte er tatsächlich das Gefühl, die Töne und Laute seien ihrem Wesen nach noch bei ihm, bräuchten lediglich einen heißen Aufguß, wie bei Tütensuppen, um wieder in ihrer ursprünglichen Frische zu erscheinen. Aber diesen Aufguß mußte jemand anderes besorgen, jemand Furchtloses.

Sophia schwieg weiter, sagte schließlich (und war sich des Sprungs bewußt): «Übrigens heiße ich auch Wilhelmine» und deutete auf das kleine Bild der niederländischen Königin am Kartenrand. «Mit zweitem Namen, nach meiner Großmutter. Mit drittem Auguste, weil ich im August geboren bin.»

– Und ich Wilhelm! Johannes tippte sich energisch auf die Brust und dann auf die Fotografie – wie das Kaiserpaar, Wilhelm und Auguste –, und bevor Sophia fragen konnte, ob er das, der Pointe zuliebe, kurz entschlossen erfunden hatte, hielt vor ihnen ein gelber Bus des ADAC.

Der Fahrer von der Pannenhilfe sprang heraus, sagte «Schwein gehabt» und berührte die Scheibe leicht. Dann telefonierte er, vermutlich mit einer Werkstatt, befestigte ein Abschleppseil, hob den Daumen und stieg wieder ein. Mit eingeschalteter Warnblinkanlage zuckelten sie auf der Standspur bis zur nächsten Abfahrt, die Welt hinter der Scheibe wie durch ein Kaleidoskop gebrochen.

Die nächste größere Stadt war Worms. Da hatten sie einmal, ihr sogenannter Mann (die Hinzufügung kam nun automatisch) und sie, an einem grau-verhangenen Tag den Dom besichtigt, Sophia ohne große Neugier, aber froh über ein Ziel. Das Leben im Versteckten, das Leben als Paar, das es nicht geben darf, kennt keinen Alltag, kein Einkaufen und Kochen, kein Bettenbeziehen und keine

Behördentelefonate. Es besteht nur aus Liebe und Tourismus. Hand in Hand hatten sie vor der Darstellung der Frau Welde am Haupteingang des Doms gestanden: von vorne verführerisch schön anzusehen, hinten, aus dem Rücken wuchsen ihr, tumorartig, Schlangen und Kröten. Der Krebs des Bösen oder so etwas Ähnliches hatte ihr Mann gäußert, und sie hatte widersprochen, war sogar leicht gekränkt – als hätte er sie beide damit beschrieben. So einfach sei es nicht, Liebe, gleich unter welchen Umständen sie stattfände, habe nichts Böses an sich. Aus Unbehagen hatten beide schließlich gelacht, quitt: jeder einen dummen Satz.

So getrennt von allem, in einem Auto, das ohne jedes Zutun nach Worms gezogen wurde, ein Mann und eine Frau, die sich kaum kannten – da konnte man nur den eigenen Gedanken nachhängen, ihre Richtung der Regie der Umstände überlaßend. Mit der Trägheit windgetriebener Wolken.

Auch Johannes ging es so, in seiner Vorstellung hörte er sich sprechen, hörte sich in den schönsten Tönen aus dem vollen schöpfen. Singen. Bariton. Im Chor, inmitten der Stimmen, seine, tief aus dem Brustkorb. Eine Klangschatzkammer. Unverriegelt. Auch hatten Worte eine Gestalt, sie konnten korpulent sein, schlank, wendig und ungehobelt. Rauh, glatt, feucht und trocken. Utopie zum Beispiel. Schlüpfrig. U, o, i – eine Tonleiter, gipfelnd im hohen i, das die Lippen zusammen mit dem p in die Welt katapultierten. Wenn Sophia fragen würde und er sprechen könnte – er malte sich es aus, so wie man den Geschmack des Lieblingsessens vorwegnimmt, er spürte die Worte als Gaumenfreude –, das würde er sagen. Daß ihn der utopische Kern, die Unbeirrbarkeit im Wünschen interessiere.

Wie sie sich am Leben des Lazarus Zamenhofs zeige. *Unbeirrbarkeit.* Im Leben eines Menschen, der von Kind an Verfolgungen und Schmähungen (*Schmähungen* – dafür mußte man das Maul aufreißen) ausgesetzt war und bereits als siebzehnjähriger Schüler in fiebriger – *fiebrig*, was für ein Wort! Selbst schon heiß –, fiebriger Entschlossenheit sich daran gemacht hätte, eine Sprache zu erfinden, die den babylonischen Unfrieden beseitigt und besänftigt hätte. (Eine Sprache, hätte er hinzugefügt, eine Sprache, die ihre Sprecher nicht verrät.) Der nicht aus akademischem Ehrgeiz oder wissenschaftlichem Pragmatismus so gehandelt hätte, sondern aus schierer Verzweiflung, aus produktiver, immer von Hoffnung durchwirkter Verzweiflung – dieselbe, die ihn zum Studium der Medizin bewegt hatte und daran anschließend zu einem entbehrungsreichen Armenarztleben in der Nähe von Kaunas, später in Warschau, dort als Augenarzt. *Von Hoffnung durchwirkter Verzweiflung.* Wie das klang!

Ludovic Lazarus Zamenhof, ein phantastischer Name, er lag ihm auf der Zunge wie eine Zusage. 1859 bis 1917, Todesursache Angina pectoris – oder man könnte auch sagen: gebrochenes Herz. Die Sprache, die alle einen sollte, hatte entzweit. Ende der Einleitung.

«Du lächelst so fernöstlich?» Sophia sah ihn forschend an. Er sie fragend.

«So abgeklärt.»

– Ich habe nachgedacht.

«Über uns?»

– Über Äpfel und ihre Folgen, ja.

Möglicherweise war es das Höhlenhafte der geschlossenen Fahrzeugkabine oder das Feierliche in beider Schweigen oder das Gefühl, bereits ein Abenteuer miteinander bestanden zu haben – jedenfalls legte Sophia erneut ihre Hand auf seinen Oberschenkel, mit leichtem Nachdruck, wie in Vorbereitung zu ihrer Frage:

«Sprichst du denn Esperanto?»

«Mi ĝi komprenas», schrieb er auf.

Sophia zuckte leicht mit den Achseln: «Heißt das, du verstehst es? Dafür reicht mein kleines Latinum noch gerade! Ich finde, es hört sich an wie selbstgemacht.»

– Ist es ja auch!

Johannes schrieb: «Das Schikanöse und Irrationale der gewachsenen Sprachen fehlt – sie bilden den Steinbruch, aus dem Zamenhof sich bediente. Aber er hat die Fundstücke zugeschnitten, konfektioniert, ihnen eine Industrienorm verliehen. Keine Steine des Anstoßes mehr, nur noch Baumodule.»

«Schrecklich», sagte Sophia.

– Nicht nur. Beim Schreiben kam Johannes' Zungenspitze wie bei einem Grundschüler zwischen den Zähnen zum Vorschein.

«Keiner Zunge fremd, Weltverbesserung, Abschaffung der Unterschiede, die allen Unterdrückungssystemen die Vorwände liefern – all das steckt auch darin. Im Synthetischen lagen für Zamenhof das Heil, die Hoffnung und die Geschichtslosigkeit.»

Sophia überflog das Geschriebene, spürte eine wachsende Unmut und große Unbeholfenheit. Sie hatte nichts zu sagen. Sie wollte keine Leserin sein. Sie vermißte das Unreine der Stimme, des Sprechens, das Ungefähre und Stockende, das Räuspern und Stammeln, die suchenden Wiederholungen – erst sie machen aus dem Zuhörer einen Gesprächspartner, einen Verbündeten, ohne dessen geneigtes Ohr der Gedanke erstarrt, verkümmert. Repertoire, dachte sie, gräßlich, wie tauschen nur unsere Repertoires aus. Habe ich überhaupt eines?

– Du mußt nichts sagen, ich kenne die Schwierigkeiten. Johannes' Augen reglos auf sie gerichtet.

«Ich habe nichts gegen eine Bildungsreise.» Sophia lachte unaufrichtig. «Das wird es doch, oder?»

Ich hatte einen Anlaß, aber du bist der Grund. Dachte Johannes und hatte keine Ahnung, wie er das hätte ausdrücken können. Geschrieben konnte man es jedenfalls nicht glauben – ein dummer Spruch. Geistreich. Er hob beide Hände: Ich ergebe mich.

Das Gespräch brach ab, als sie im Innenhof einer Werkstatt zum Stehen kamen, umgeben von anderen gestrandeten Fahrzeugen mit dramatischen Unfallspuren. Der Mann vom Abschleppdienst kam zu ihnen, beugte sich durch das geöffnete Fenster und reichte Johannes ein Formular zur Unterschrift. Er wünschte gute Weiterfahrt und trotzdem schöne Flitterwochen und war längst wieder hinter seinem Steuerrad, der nächste Notfall wurde ihm über die Freisprechanlage bereits signalisiert, als Sophia ihm nachrief, wie gewaltig er sich da irre.

Sie erfuhren von dem Mechaniker, der sich mit wenig begeisterter Miene den Schaden ansah, daß sie tatsächlich in Worms seien, daß die Reparatur nicht im Laufe des Nachmittags zu bewerkstelligen sei, die Scheibe müsse erst bestellt werden, und daß er eine Anzahlung wünsche.

Während Johannes nochmals den Schaden begutachtete, schließlich bezahlte, wanderte Sophia zwischen den ausgeweideten Autos herum, las die Spuren ihrer Kollisionen, gärend in der gleißenden Sonne, und begann im entlegensten Winkel des Hofs, dort wo die schrottreifen Autos gestapelt lagen, zu weinen. Laut wie ein Kind. Worms!

Alles war verkehrt. Der Mann, die Stadt, das Auto. Die Frau.

Johannes, die Brieftasche noch in der Hand, ging zu ihr, lief fast, sie hörte es, dann, als er vor ihr stand, roch sie ihn, aber sie behielt die Hände vors Gesicht geschlagen. Sie konnte ihm nicht sagen, wie fehl am Platze sie sich fühlte, wie sehr sie diese Situation an Fahrten mit ihrem Mann erinnerte. Es waren Pannen anderer Art gewesen, Pannen, die darin bestanden, daß sie, der blinde Passagier, aus der Deckung kam. Nervöse Aufladung, Panik, in den Blicken Ungnade: Warum tust du mir das an? Unter der Last der Schuldgefühle angestrengte Konversation, verspanntes Kreuz, die Körper, zu Requisiten verkommen, drehen sich wie aufgezogen umeinander. Tiefe Hilflosigkeit. Die Heimlichkeit deformierte alles. Sie war so dankbar, als Johannes ihre Hände nahm und mehr feststellte als fragte:

– Du willst nicht in Worms sein.

Sie nickte, «ja, ich will nicht in Worms sein.»

– Dann laß es uns abschaffen. Johannes nahm sie am Arm und führte sie aus dem Hof der Werkstatt hinaus.

Spottete: die Blinde und der Stumme. Tatsächlich stolperte Sophia.

Sie liefen ein Stück, ohne Gepäck auf einmal Passanten, Spaziergänger. Hielten ein Taxi an, «zum Hauptbahnhof», Sophia sah im Rückspiegel ihr verweintes Gesicht. Sah ein verheultes Kind.

Sie setzten sich in ein Café am Bahnhofsvorplatz. Die Ansagen der Aufbrüche verwehten im Wind.

«Zugluft!» sagte Sophia, plötzlich zuversichtlich, bestellte ein Glas Wein und einen Espresso auf Englisch.

«Sure», sagte der Kellner auf pfälzisch und drehte ab, schön, daß die Amerikaner wieder reisten.

Sie hatten die Nacht im Auto verbracht. So gut es ging, hatte sich Sophia auf dem zurückgelehnten Fahrersitz zusammengerollt, heilfroh, der Panne nicht durch Übernachtung in einem Hotel den Rang einer echten Station verliehen zu haben. Johannes hatte ihr auf den Rücken – den sie ihm zuwandte – *gute Nacht* geschrieben. Die Autowracks um sie herum schienen ihr nun wie Verbündete: Es gibt schließlich vieles, das Aufbrechende aufhält.

Der letzte Gedanke, nein, eigentlich kein Gedanke, sondern ein Gefühl, war Erleichterung, Erleichterung darüber, noch nie zuvor in ihrem Leben in einem Auto übernachtet zu haben, das mit zerschmetterter Frontscheibe auf dem Gelände einer Werkstatt stand. Eine Premiere und vielleicht ein Anfang.

Johannes schlief lange nicht ein. Zum ersten Mal verbrachte er eine Nacht mit einer Frau, die sprach. Weit stärker als Religion oder Gesinnung verbinden physische Makel. Angeborene oder erworbene. Seit der Grundschule war er mit Taubstummen in die Schule gegangen, in Zeltlager und Freizeiten gefahren, hatte mit ihnen in Wohngemeinschaften gelebt. Alle anderen möglichen Schnittmengen unbedeutend dagegen. Mit Sonja hatte er einen Urlaub durch Südosteuropa lang im Auto übernachtet. Einmal, vor dem Einschlafen, ein großer Streit über seine Klangverliebtheit, seine Bestechlichkeit durch Stimmen, seine Gier nach Verlautbartem. Das Dümmste würde er ernst nehmen, wenn es von einer Stimme verkündet würde, warf ihm Sonja vor (ohne zu sagen, wessen Stimmen sie meinte). Und er gab zurück, daß es grotesk sei, die Prinzipien der Homöopathie auf Menschen anzuwenden: Gleiches mit Gleichem kurieren. Er wolle keine Symptomträger-Solidarität.

Sonja war gekränkt, bei Kafka, sagte sie, sind alle Menschen – die mehr seien als bloße Funktionäre der Macht – behindert, sie hinken, haben Schwimmhäute zwischen den Fingern! Das Makellose ist Konfektion und Diktatur!

Er haßte ihre Beispiele aus der Literatur, und er spürte ihr Mißtrauen, weil seine Stummheit anders war. Ihr Pathos: als würde das Handicap moralische Größe garantieren. Abschließend hatte sie wütend gefragt: Würdest du mich denn nicht lieben, wenn du sprechen könntest?

Unsinn! Johannes' Fingerknöchel knackten vor Grimm. Sie waren so vertieft in ihren Streit, daß sie nicht bemerkten, wie sich ein Grüppchen Touristen um ihr Auto geschart hatte und dem heftigen Gefuchtel hinter beschlagenen Scheiben belustigt – und kommentierend – zuschaute. Ein Affentheater war das für sie. Johannes hatte die Fahrertür aufgerissen und war mit hocherhobenen Armen auf die Gaffer losgesprungen, mit einer Art Krächzen.

Die Unterhaltungen mit Sophia strengten ihn an. Aber aus anderen Gründen: Sie würde nie, da war er sich sicher, mit Kafka argumentieren, wenn sie von sich selbst sprach. *Mir ist eher nach Desperanto zumute,* hatte sie scherzend beim Essen gesagt, und er hatte erwidert, daß sie sich nicht entschuldigen brauche, wenn seine Forschungen und die langen Berichte darüber sie nicht interessierten. Du kannst ja noch gar nicht wissen, *wen* sie interessieren, hinzugefügt. Er schaute zu dem schlafenden Rücken, der sich gleichmäßig hob und senkte. Er hörte ihren Atem, leise wie eine Amsel, dachte er und wußte selbst nicht, warum ihm dieser Vergleich einfiel. Wenigstens im Schlaf waren alle stumm, bis auf das Atmen, Röcheln und Schnarchen – bis auf die fundamentalen Lebenszeichen also. Es amüsierte ihn, daß in den slawischen Sprachen das Wort für deutsch ursprünglich die Bedeutung stumm hatte, im Schlaf wurden alle zu Deutschen. Johannes nahm eine zweite Decke von der Rückbank und breitete sie über sich und Sophia aus. Bis morgen, hörte er sich sagen, mit tiefer Stimme sagen, bis morgen, Sophia.

Der Wachmann drehte seine Runde, leuchtete hierhin und dorthin mit seiner Taschenlampe, rauchte und fror. Mainächte waren kalt. Nichts Besonderes. Alles in Ordnung, oder, wie der Chef zu sagen pflegte, alles im grünen Bereich. Er steckte sich die Kopfhörerstöpsel in die Ohren, verstaute ein kleines Transistorradio in der Jackentasche. Der Fiat war neu, gestern noch nicht da gewesen. Scheibe im Eimer. Mainz 05 hatte gewonnen.

Im Vorbeigehen schien es ihm, als lägen in dem Fiat zwei Gestalten. Oder als spiegelten sich die Nachtwolken, vom Mond weichgezeichnet, im Seitenfenster.

Jetzt wurde er noch sentimental.

Am Morgen gab es dann doch Ärger mit dem Werkstattinhaber; als er merkte, daß Johannes nicht sprach – das war ihm am Vortag entgangen –, beendete er die Diskussion. Mit einer Frau würde er nicht streiten. Schließlich hatten sie im eigenen Wagen übernachtet. Sophia lächelte. Beim Frühstück, ungewaschen, zerknittert, in einem Imbiß, der allen Gerichten den Titel «Trucker» voranstellte (Trucker-Spiegelei, Trucker-Rührei, Trucker-Pot-Kaffee), auf Barhockern, deren Schaumstoffkern durch die Löcher im Kunststoffüberzug quoll, verspürte sie erneut eine Art Übermut.

«Wie geht's dem Trucker-Kreuz nach der Übernachtung?»

Johannes hob einen Daumen, bestens, ein Trucker-Herz gerate so schnell nicht aus dem Takt. Sophia verbesserte ihn nicht. Von den Lippen abgelesen, war Kreuz und Herz womöglich dasselbe. Vielleicht hörte er doch schwer oder so gut wie gar nicht. Sie hätte ihn gern gefragt. Sagte aber stattdessen, die Trucker-Tränen seien auch längst versiegt, es sei der typische Trucker-Blues gewesen, das Standspur-Syndrom. Und war bereits vor dem letzten Wort das Geplänkel leid. Sie stießen mit Kaffeebechern an, *labori kaj esperari*, *arbeiten und hoffen*, das sei, so Johannes grinsend, die Losung der Esperantisten. Sophia runzelte die Stirn.

Als sie am frühen Nachmittag die belgische Grenze erreichten, klebten längst wieder zahllose Fliegenleichen an der neu eingesetzten Scheibe, und Sophia stellte fest, daß sie die klebrigen Überreste, bei aller Widerlichkeit, als schönen Nachweis des nahen Sommers empfand.

Wenn man, nach zehnstündiger Fahrt, auf irgendeiner *Piazza del Popolo* in Italien saß, den vielbesungenen Espresso vor sich, auf dem Parkplatz mit den horrenden Parkgebühren das heißgelaufene Auto mit den grüngelben Insektenleibern auf der Windschutzscheibe: das war Sommer. Einmal, vor Jahren, hatte sie ausprobiert, ob sich die toten Fliegen, Falter und Mücken tatsächlich mit Cola entfernen ließen, wie ihr, von Kindheit an, erzählt wurde. Als Beleg für die Schädlichkeit des Lieblingsgetränks, in dem sich alles Organische zersetzte. Also auch ihr Magen, ihre Leber, und natürlich war nur eine Sauerei entstanden. Später Triumph, kindisch genossen.

Johannes, der fuhr, wies auf das Schild, das sie im Königreich Belgien willkommen hieß.

– Trotz Schengen bleiben die Grenzen doch ein bißchen erregend. Als führe man etwas im Schilde.

«Tust du das denn?» fragte Sophia, ohne eine Antwort darauf zu erwarten.

Am Ortseingang von Kelmis, französisch *La Calamine* – alles war hier zweisprachig –, tauschten sie die Sitze, Johannes würde sie lotsen. «Und wo ist Moresnet?» fragte Sophia.

– Ein Teil vom heutigen Kelmis war damals Neutral Moresnet, es heißt seit dem Ende des ersten Weltkriegs, also seit dem Untergang des neutralen Gebietes, Kelmis. Das kommt von Galmei...

Ihre Blicke trafen sich, Sophias war ungeduldig und gelangweilt.

Johannes verstand, nickte.

– Ich benehme mich wie ein Fremdenführer.

«Da ist etwas dran.» Endlich ein Lächeln.

Die Ferienanlage, in der er eine Wohnung für sie gebucht

hatte, hieß *Vacances Royales*, sie war Kilometer im voraus ausgeschildert. Es ging durch eine liebliche Hügellandschaft, dann Ausläufer der Ortschaft, schließlich eine Neubausiedlung. In den Gärten vor den Einfamilienhäusern herrschte Ordnung: Anstelle eines Rasens gab es gekieste Flächen, Marmorkies, blendend weiß wie Zahnpasta. Oder dicke Schichten Rindenmulch, unterbrochen nur von zwei Steinplattenreihen, die dem Auto seine Bahn zur Garage wiesen. In genau abgemessenen Abständen standen im Kies oder Mulch Blumenkübel mit Begonien, fleißigen Lieschen, Margeriten. Und überall Figuren, aus Keramik, aus Plastik: sich anschleichende, kletternde, lauernde, milchschleckende Katzen, sogar in den oberen Stockwerken hingen sie an Spalieren, wetterfest. Daneben das gängigere Repertoire von Gartenzwergen, Rehkitzen und Schneewittchen. Den Gärten und Vorgärten war alles ausgetrieben, das an Natur erinnerte; sie waren zugerichtet wie Theaterschauplätze mit dem einzigen Spielplan Biedermeier-Idylle. Nichts und niemand hielt sich auf dieser Bühne auf, keine spielenden Kinder, keine Mütter, keine Wäsche, kein Lachen. Sophia atmete befreit auf, als eine Baustelle angekündigt wurde, mit aufgerissenem Asphaltbelag, rot-weißen Sperrgittern, Provisorien.

Der Eingang zu *Vacances Royales* lag unmittelbar hinter der Baustelle, großspurig zeigte ein Schild mit königlichem Wappen nach rechts Rezeption, Pool und Entertainment an, nach links *Residences*. Zwischen den einzelnen kastenförmigen Wohnblöcken aus Waschbeton zogen sich kurzgeschorene, braun verbrannte Rasenflächen hin – das Mähen war hier ganz offensichtlich keine Pflege-, sondern eine Strafmaßnahme. Auf den Balkonen der dreistöckigen Gebäude standen vereinzelt Sonnenschirme, ausgefleddert von

Wind, Sonne und Mutlosigkeit, die besten Sommer schon immer hinter sich. Zur Gesellschaft Bierträger, Wäscheständer, Müllsäcke. Auch hier keine Stimmen zu hören, keine Menschen zu sehen.

– Wir haben die Wohnung Nr. 15. Johannes' Miene war unlesbar.

– Schlüssel an der Rezeption abzuholen.

Sophia startete den Motor erneut, sie fuhren die steile, geteerte Straße zum Empfang zurück. «Da ist übrigens das Schwimmbad, das du uns versprochen hast», sagte sie und stemmte ihre Stimme gegen die einsetzenden Preßlufthämmer der Baustelle. Sie wies auf ein am Rand des Geländes liegendes Becken, links der Rezeption.

– Türkis außer Diensten.

Johannes zeigte in die Tiefe, sie standen am ehemaligen Sprungbrett und schauten in das Innere, das als Bauschuttablage diente. Die Farbe blätterte in großen Schuppen von den Mauern, wie bei einer Hautkrankheit. Hob man den Blick über die Schwimmbadruine, wurde man mit einem unwirklich schönen Ausblick über ein sanft geschwungenes, ausladendes Tal belohnt – unwirklich deshalb, weil es aussah wie ein Gemälde aus dem 18. Jahrhundert. Unter mächtigen Baumgruppen – Ulmen, Eschen, Linden – stand schwarzweißes Fleckvieh in Grüppchen beieinander, einträchtig, still wie gemalt. Nur der Hirtenjunge mit frisch geschnitzter Flöte fehlte.

Johannes war zur Eingangstür der Rezeption vorgegangen, «alles geschlossen» zeigte er Sophia an. In drei Sprachen standen die Öffnungszeiten an der Tür (die ihre Ankunftszeit einschlossen, auch den Wochentag) – in keiner Sprache war erklärt, warum der Empfang dennoch unbesetzt war.

«Laß uns zur Wohnung gehen, vielleicht steckt der Schlüssel», schlug Sophia vor, gab ihrer Stimme einen munteren Ton und war tatsächlich nicht verdrossen. Sie fühlte sich nicht zuständig, ein angenehmes Gefühl war das, diese fünf Tage waren eine Klammer, die den Alltag unterbrach wie ein Einschub den Hauptsatz, ein kleiner Urlaub vom Leben. Sie würde dort übernachten, wo die ostwallonische Regie der königlichen Ferien sie hinschickte. Auch unten am Bach, den man bis oben rauschen hörte und zu dem sie später gehen würde, vielleicht um einen Wiesenblumenstrauß zu pflücken oder sich im Gras auszustrecken, ohne einen einzigen Gedanken. Ebenso Teil eines Genre-Gemäldes wie die Kühe im Tal, die Strohballen, die Getreidegarben. Es war immerhin ihre erste Reise mit einem anderen Mann als dem erwählten, dem verlorenen, dem abtrünnigen. Sie war eine normale junge Frau, die mit einem nicht mehr ganz jungen Mann einige Tage im Mai nach Belgien gefahren war. So weit, so richtig – alles andere würde sich fügen. Wenn es Fügung gab. Sie folgte Johannes durch einen schmutzigen Eingang in das Wohnhaus, an den Wänden Graffitti in allen Sprachen Osteuropas, einen Treppenaufgang hinauf, der klebrig von verschüttetem Bier war. Es roch vergoren. Im Schloß der Wohnungstür von Nr. 15 steckten kein Schlüssel und auch keine Nachricht. Aber die Nachbartür ging auf: Eine junge Frau trat heraus, die rechte Gesichtshälfte wulstig vernarbt, von Brand- oder Schnittwunden, die Haare dünn und ungewaschen, am Scheitel schütter. Sie trug einen zu engen Jeansrock, an den Füßen pelzige Hausschuhe mit Bärengesicht. Johannes erkannte im Hintergrund ein großes Zimmer – ein schlauchartiger Korridor führte dorthin, er lenkte auch den Blick –, ein riesiges Fernsehgerät, ein Zeichentrickfilm lief aus höchster

Lautstärke, nasal-gequetschte Sprecherstimmen, davor ein kleines Mädchen, daumenlutschend, verzückt.

Sophia fragte auf französisch nach dem Schlüssel, *njet* antwortete die Frau kopfschüttelnd auf russisch, Sofia! Sofia! (woher weiß sie, wie ich heiße, dachte Sophia), aber als die Nachbarin auf eine blonde, stämmige Gestalt in weißem Kittel zeigte, die gerade die Rasenfläche zum nächsten Wohnhaus überquerte, begriff sie: Diese Sofia hatte den Schlüssel. Ehe Johannes oder sie ihr nachlaufen konnten, hatte sich die Frau schon selbst auf den Weg die Treppe hinab gemacht. Sie blieben unschlüssig im Wohnungseingang stehen, als das kleine Mädchen aus seiner Fernsehstarre erwachte und anscheinend die Vorgänge vor der Haustür interessanter fand. Sie lief auf Johannes und Sophia zu, verharrte dann mit herausgedrücktem Bauch, über dem der Jeansrock – der gleiche, wie ihn die Mutter trug – spannte, die Füße nach innen gestellt. Sie trug auch die gleichen Hausschuhe wie ihre Mutter, die Bärengesichter waren nur etwas kleiner und sahen abgelutscht aus. Wenn der Daumen nicht zur Verfügung stand, kamen offensichtlich die Bären an die Reihe. Sie hatte kinnlanges, dunkelblondes Haar, so fein, daß die abstehenden Ohren dazwischen zum Vorschein kamen. Der Pony war schräg geschnitten – nein, er sah eher abgenagt aus, fand Sophia. Ein rührend häßliches Kind, die strammen Beine in dicken Strumpfhosen, die zu anderen Jahreszeiten gehörten. Als Johannes sie leicht an der Wange berührte, lächelte sie. Die oberen Schneidezähne kariös. Sie folgte ihnen die Treppe hinab bis zu der steinernen Bank ohne Lehne am Rand der Wiese. Erschöpft vom jähen Gefühl, von einem falschen Ort an den nächsten geraten zu sein, ließ sich Sophia darauf fallen. Johannes setzte sich neben sie.

Und nun begann eine kleine Vorführung: Das Mädchen, das zunächst einfach vor ihnen stehengeblieben war und sie angestarrt hatte, als müsse auf ihren Gesichtern – nicht anders als auf einem Bildschirm – jetzt etwas eintreten, kletterte dann, mit Johannes' Hilfe, auf die steinerne Sitzfläche, machte einen schwerfälligen Hüpfer auf die Wiese (bei der Landung verlor sie beinah das Gleichgewicht), drehte sich strahlend zu ihren beiden Zuschauern um, die Arme triumphierend in die Höhe geworfen. Sophia lächelte müde, Johannes applaudierte – und da klatschte auch sie entzückt in die Hände und sprang närrisch im Kreis. Immer wieder berührte sie Johannes' Hosenbein, als müsse sie sich vergewissern, daß er darunter echt war. Mühsam, die Zunge vor Anstrengung hinausgestreckt, kletterte sie erneut auf die Bank, sprang, klatschte, kletterte wieder. Plumps, plumps. Sophia begann sich zu langweilen, während Johannes' Hingabe an dieses kleine, uninteressante Geschöpf vollkommen war. Sie gingen dazu über, sich gegenseitig an den Haaren zu zupfen und die Finger zu zählen, stumm und innig, Höhepunkt aber blieb der waghalsige Sprung von der Bank.

«Wie heißt du?» fragte Sophia mehr der Form halber und mit einer Spur von Eifersucht. Als sie keine Antwort bekam, deutete sie auf sich und sagte *Sophia*, da antwortete das Mädchen – ganz nebenbei und ohne Johannes aus den Augen zu lassen – *Annika.* Der stumme Mann war ihr Freund, er teilte ihre Sprachlosigkeit, ihre Gier nach Berührung. Sie war außer sich vor Freude. So hatte noch nie jemand mit ihr gesprochen. Ohne Worte gesprochen. Ihr kleiner, schwerer, von langen Fernsehsitzungen ungelenker Körper reagierte auf die Zuwendung mit stürmischer, festlicher Begeisterung. Im Gesicht, kurz zuvor noch blaß und blutarm von der Verbannung in die Wohnzimmerhöhle, jetzt rote Flecken wie ausgeschüttet, Widerschein des atemlosen Glücks, das ihren Sprüngen, Pirouetten und Gesten auf einmal etwas Fließendes und Gewinnendes verlieh. Unvermittelt beugte sie sich nieder und küßte Johannes Hand – keine kindliche Geste, zu anmutig dafür und zu ernst. Und dann, wie ermattet von der Aufwallung, setzte sie sich mit einem Ruck neben ihn, die Bärenschuhe fielen hinab. Die Grasnarbe unter ihren Füßen vom Eifer ganz zertreten. Johannes bückte sich und stellte die Schuhe ordentlich nebeneinander. Beim Aufrichten berührte er zart ihre Fußsohlen; die dickfasrige Strumpfhose war an den Zehen und Fersen abgewetzt, weiße Haut schimmerte hindurch. Annika wand sich unter dem Kitzeln, die Augen selig verdreht, der Mund weit offen, Sophia konnte ganz hinten im Rachen das kleine Zäpfchen sehen, das im Takt des Lachens – ein gurgelndes, in Flehen umschlagendes Lachen – bebte. Schließlich konnte sie sich nicht mehr aufrecht halten, rutschte mit dem Oberkörper auf Johannes' Schoß, schlug strampelnd aus (traf dabei Sophia) und schaute Johannes von unten mit dem schwärmerischen Blick einer Liebenden durch Schleier von Glückstränen hindurch an.

Sophia sprang auf, als sie Annikas Mutter auf die Gruppe zugehen sah. Johannes ebenso, nur das Mädchen blieb liegen, richtete sich schließlich auf, nach Luft schnappend.

Es war nicht der Schlüssel, den die Mutter in der Hand hielt, sondern ein Zettel mit der Telefonnummer des Vermieters, der, wie sich zeigte, in Eupen beim Notar einen wichtigen Termin hatte, gegen den die Öffnungszeiten der Rezeption zur Bedeutungslosigkeit verkamen. Aber, so hatte er der russischen Sofia gesagt, man könne ihn ruhig dort anrufen. Gegen Abend sei er allerdings ohnehin zurück.

«Laß uns essen gehen», sagte Sophia ungeduldig. Johannes nickte einverstanden und half Annika beim Aufstehen. Als sie auf das Auto zusteuerten, begann Annika – ungeachtet der Zurufe ihrer Mutter – zu schreien, sie rannte ihnen hinterher und klammerte sich an Johannes' Hosenbein. In einem solchen Aufruhr die ganze kleine Person, daß die erregten Vorwürfe ihrer Mutter nichts ausrichteten. Sie war so unansprechbar, als würde jemand versuchen, ihr Liebeskummer auszureden. Und Liebeskummer war es. Sophia zog Johannes leicht am Ärmel in Richtung des Autos; er war stehengeblieben, die aufgelöste Annika zu Füßen.

«Sag etwas», forderte Sophia ihn barsch auf und schlug sich sofort danach auf den Mund. Annikas Mutter schimpfte weiter auf russisch, bückte sich zu ihrer Tochter, bog Annikas Finger, die noch immer fest in den Stoff eingehakt waren, auf und trug das schluchzende, tretende Kind zurück in die Wohnung. Der Ärger machte ihre Schritte länger, als der Rock es zuließ, sie strauchelte in den Pantoffeln, Verwünschungen.

– Das ist die Großmutter.

«Unsinn, das ist die Mutter», widersprach Sophia.

Johannes zuckte die Achseln, und Sophia hatte unvermittelt das Gefühl, ihn gegen sich eingenommen zu haben. Grob gewesen zu sein, blind für etwas Unscheinbares, Zartes.

«Vielleicht ist es ja die Großmutter», sagte sie (die Überwindung noch in der Stimme), «und morgen können wir sie ja irgendwohin mitnehmen, wenn sie darf.»

Johannes strich ihr – wie vorher dem Kind – leicht über die Wange, ein Stummer und eine Sprachlose, das sei für einen Esperanto-Forscher einfach die ideale Ausgangslage. Lachte.

An den Katzenattrappen in den Vorgärten vorbei fuhren sie in die Stadtmitte, *centre ville* – eine Sprache mehr, spottete Sophia, und die Ankündigung wäre länger als die Durchfahrt. Vor einer Eisdiele mit Tischen und Stühlen unter einer Markise in den Farben der ehemaligen Flagge Neutral Moresnets blau-weiß-blau (erklärte Johannes) hielten sie und stiegen aus. Die Gäste schauten mit Interesse zu.

Sophia hatte unvermittelt das Gefühl, einen zu kurzen Rock zu tragen und zu rote Lippen – mehr noch: Sie hatte die Gewißheit, zu Beanstandungen einzuladen. Sie standen auf dem Bürgersteig, beide reglos, als wollten sie tatsächlich zu einer Besichtigung auffordern, Johannes mit dem kleinen roten Buch in der Hand, die Haare im Nacken feucht vom Schweiß. Rennen, dachte Sophia, was wäre es schön, jetzt einfach wegzurennen.

– Warte.

Johannes wandte sich zu ihr, das Buch geöffnet. Sie roch ihn, ein kurzer Blickwechsel, roch dann auch das leicht Modrige des Buchs mit den welken Seiten, dann schaute sie dorthin, wo sein Finger lag, die Nase ganz nah an seinem Hals.

Ein herrenloses Land stand da über der Landkarte, die er ihr auf der Fahrt gezeigt hatte. Dann eine Abbildung des Galmeibergwerks und gegenüber ein Foto mit der Unterschrift: *Die Rue d'Aix = Liège in Neutral Moresnet.*

– Hier stehen wir jetzt, auf der preußischen Seite, gegenüberliegend die belgische. Die Hauptstraße verbindet Aachen mit Lüttich. Willst du lieber nach Belgien? Oder bleibst du bei mir?

«Zum Saufen gehen wir heute abend nach Belgien – da war doch die Sperrstunde später?»

Johannes erregte es, wie Sophia «saufen» gesagt hatte, auf einmal ein kleiner, rauflustiger Schub in der Stimme, eine nicht ganz überzeugende – und deshalb so anziehende – Verkommenheit. Er spürte das Blut einschießen und eine plötzliche Schwäche, als wäre ihm jemand von hinten in die Kniekehlen gegangen.

Sophia betrachtete das Foto: Vier Männer standen mitten auf der Straße, der eine zog grüßend den Hut, die anderen drei wirkten unschlüssig. Ganz offensichtlich war ihnen nicht klar, welches Arrangement sie auf Anweisung des Fotografen ausführen oder nachstellen sollten. Auf der linken, der belgischen Seite, stand eine Gruppe Passanten oder eine Familie. Sophia hatte erneut ein mulmiges Gefühl (durch den Geruch des alten Papiers verstärkt): als wäre die Aufmerksamkeit dieser Menschen auf der ansonst öden Straße in körperlich spürbarer, angespannter Intensität auf den Betrachter, also auf sie, gerichtet. Wie auf ein Versprechen. Oder eine Bedrohung. Sie reichte Johannes das Buch und fühlte, wie sie, unter so vielen Blicken (auch seinem), rot wurde.

Und als Johannes sich dann, kaum daß sie in dem kleinen Restaurant Platz genommen hatten, das auch irgendwie *royal* im Namen führte (die Belgier, so Johannes, sind viel monarchistischer als die Briten, jetzt, wo ihr junger König eine so nette Kleinfamilie gegründet hätte, alle blond), erkundigte, ob sie einen Mann an ihrer Seite (dabei berührte er kurz seine eigene Hüfte) hätte, antwortete sie zu ihrer eigenen Überraschung ehrlich – und hätte viel lieber gelogen. Und es klang wie einstudiert:

«Nein, ich bin mitten in der Rekonvaleszenz.»

Für einen kurzen Augenblick hatte sie den Eindruck, Johannes würde anfangen zu sprechen, er schaute sie mit einem Blick an, als stünde er seinerseits kurz vor einer Eröffnung, ihre parierend, sie hatte plötzlich den Verdacht, er sei gar nicht stumm. Sie schwieg verwirrt.

– Willst du erzählen, wovon du dich erholst?

Sophia schüttelte lächelnd den Kopf, öffnete die Speisekarte.

«Was ißt man denn so in Utopia?»

Johannes: – F-l-eisch. Lachen. F-l-eisch.

«Warum hast du mich gefragt, ob ich mitfahre?» Sophia trank in kindlich großen Schlucken das halbe Weinglas leer.

– Sind wir bei den Geständnissen? Johannes lächelte, sein Gesicht wurde weich, die Augen schmal.

Sophia winkte ab, berührte leicht seine Hand und sagte: «Wir haben ja noch mehr als vier Tage, was kann da noch alles passieren.»

Sie aßen, die Blicke der anderen Gäste auf sich gerichtet. Sophia senkte ihre Stimme und fragte nicht nach, wenn sie Johannes' Gebärden nicht genau verstanden hatte. Schämte sich, daß sie ihr, im Verein mit den Zuschauern, vorkamen wie Verrenkungen. Als wollte sie eine zärtliche Berührung, legte sie ihre Hand auf seine. Und sah, daß er die Tarnung durchschaute.

Und bezweifelte auf einmal, daß allein der Entschluß, diesen Urlaub zu wagen, genug Kraft erzeugte.

Auf der Rückfahrt zur Ferienwohnung schalteten sich mit jeder Annäherung die Bewegungsmelder vor den Eigenheimen ein wie Lauffeuer; die lauernden, kletternden, spielenden Katzen gespenstisch echt im scharfen Licht der Strahler. In den Wohnblocks flimmerte das bläuliche Licht der Bildschirme durch die Fenster ohne Vorhänge, die Türen zu den Balkonen und Terrassen standen offen, noch immer war die Hitze groß. Im Treppenaufgang begegnete ihnen eine Gruppe junger Kroaten, jedenfalls trugen sie Käppis mit der Aufschrift *hrvatska republika*, Bierträger in der Hand, Achselhemden, Schweißgeruch. Als Sophia «hallo» sagte, grinsten sie freundlich.

Aus der Nachbarwohnung, Annikas Wohnung, drang kein Geräusch, im Schloß der Nummer 15 steckte ein Schlüssel, auf der Fußmatte ein Zettel: *Bienvenue, Willkommen, Welcome. Fühlen Sie sich wie zu Hause. Ihr Team von Vacances Royales.* Der Piccolo, der daneben stand, war warm.

Sophia ertastete den Lichtschalter, im milchigen Licht einer Deckenlampe erkannten sie den gleichen, schlauchartigen Gang wie bei Annika, der in das Wohnzimmer führte. Rechts eine Tür, die zu einem winzigen Schlafzimmer gehörte, das neben dem Bett noch einen Stuhl enthielt, an der Decke eine Glühbirne, 40 Watt. Johannes war weitergegangen, als Sophia ihn erreichte, stand er neben einem Stockbett im hinteren Teil des Flurs, wies auf das obere Bett: – Hier schlafe ich. Im Kinderbett.

Wie in den anderen Räumen gab es auch im Badezimmer nur eine nackte Glühbirne – als hätte der Vermieter aus Angst vor Diebstahl oder Vandalismus alles nicht unbedingt Notwendige entfernt. Sophia stellte eine Kerze an den Rand des Waschbeckens, weil sie ihr ratloses, müdes Gesicht im unfreundlichen Licht von oben nicht ertragen wollte. Sie putzte unter großem Wasserrauschen ihre Zähne, gurgelte, sang sogar, hatte aber dennoch das Gefühl, das Reiben und Gleiten von Stoff auf Haut zu hören, das Klicken einer Gürtelschnalle. Sie schluckte, der Rachen blieb trocken. Sie bleckte die Zähne, hob das T-Shirt an und betrachtete ihre

Brüste. Ihr fiel nichts dazu ein. Höchstens: Waisenkinder. Alles konnte man verlernen.

Aber als sie aus dem Bad trat, saß Johannes in Hemd und Hose auf dem Balkon, ein Glas Wein in der Hand, die Füße auf dem Geländer. Die schwarze Tannenfront am Rand der Wiese, feindselig aufgestellt wie eine gegnerische Armee, warf alle Blicke zurück.

– Magst du? Er hob die Flasche.

Sophia erklärte, sie habe bereits die Zähne geputzt, und schenkte sich, noch während sie ablehnte, Wein in ihr Glas, dann leerte sie es zügig, schenkte nach. Johannes lächelte, soweit man das im spärlichen Licht der Kerze entscheiden konnte.

Die Luft roch nach Grillfeuern, und als beide innehielten, hörten sie Stimmen, die aus der Tiefe des Parks seltsam dumpf, wie in eine dicke Wolldecke gehüllt, zu ihnen drangen. Gesang auch, russisch, polnisch, französisch und der eigentümliche singende Dialekt, welcher war das? Saarfränkisch, sagte Sophia.

Bier- und Wodkaschwaden. Auch auf den Nachbarbalkonen Leben, eine Frau im Bademantel lehnte sich über das Geländer, der Frottee abgeschabt, mit gezogenen Maschen aus wer weiß welchen Nahkämpfen, hinter ihrem Rücken das abrupte Tonkonserven-Gelächter einer Fernsehshow. Sie nahm das Paar im Halbdunkel der Kerze so gut sie konnte in Augenschein und wünschte einen schönen Abend, bei dem Wetter sei das ja kein Kunststück. Und bei jungen Leuten erst recht nicht. Dann richtete sie sich auf, ordnete den Ausschnitt, offensichtlich zufrieden mit der Kontaktaufnahme und der kleinen Schlüpfrigkeit und kehrte auf Frotteeschlappen fast lautlos ins Innere zurück.

– Bevor du kamst, flogen hier die Fledermäuse Formel 1. Johannes fuhr schnittig mit der Hand durch die Luft.

– Ich traue ihrem Radar nicht so ganz, unwillkürlich zieht man den Kopf ein.

Wieder schwiegen sie und saßen reglos, nippten an den Gläsern, aber die Stille war nicht bedrückend. Der Himmel schwarz aufgespannt, die Sterne darauf kleine Orden, und es war, als wären die Stimmen, das Gelächter und die Musik, ja, der Schlag des eigenen Herzens auf Bahnen ähnlich der Milchstraße zu ihm unterwegs, dachte Johannes. Kosmisches Einverständnis. Ein pulsierender Kreislauf, *und es war gut so* – jeder Tag in der Schöpfungsgeschichte endet so, dieser auch, ein Wohlsein wie in warmem Badewasser. Sophia rutschte behaglich in ihrem Plastikstuhl nach unten, die Beine am Geländer abgestützt, die rot lackierten Fußnägel im Kerzenschein schwach leuchtend.

– Hast du Aussichten, als Archäologin zu arbeiten?

Er tippte sie an, sie schaute zu ihm, er wiederholte die Gebärden.

Sophia schüttelte den Kopf, «nur auf Honorarbasis, projektbezogen. Es ist nicht leicht, Ausgrabungen sind fest in der Hand einiger weniger Monopole. Nächstes Jahr vielleicht wieder. Ich hab' es auch schleifen lassen, nach meinem Abschluß. Ich arbeite bei einer Werbeagentur, genauer gesagt, ich entwerfe für verschiedene Hersteller Namen für Parfums.»

Johannes wandte ihr sein Gesicht zu. Fragend.

«*Precious Rain*, *Allure*, *Demiurge*, *Pretty Poison* – so in die Richtung. Es muß nicht unbedingt französisch oder englisch sein – vielleicht fällt dir ja etwas Passendes in Esperanto ein?» Lächeln.

«Aber deutsch ist schwierig. Ich habe es mal mit *Sylt* probiert und *Reigen* – das waren Reinfälle. Funktioniert hat dagegen *Danubio*, und das ist nicht gerade deutsch. Ich arbeite gerade an *Gier*, einsilbig ist gut, Diphthong schlecht. Außerdem ist unklar, wen es ansprechen soll, Frauen oder Männer. Mein größter Erfolg war *MTK*, das Nummernschild vom Main-Taunus-Kreis, neoliberales Terrain, Vertrauen erst ab fünf Stellen. Nur in 10 ml zu haben, als wäre es Blattgold oder Safran. Strengstes Design, der Markenname nur am Flaschenboden – die Fläschchen sehen aus, als hätte man Strychnin in sie gefüllt und sie deswegen nicht beschriftet. Wer es sich leistet, hat das wohlige Gefühl einer illegalen Handlung am Rande der Auszeichnung.»

Sophia trank, schaute zu Johannes, der sie nicht aus den Augen ließ. Erzähl weiter.

«Dann muß ich für das Eau de toilette einer Modefirma einen Namen entwickeln, Filialen an jeder Ecke jeder beliebigen Stadt, es ist nicht teuer, unter zwanzig Euro. Also muß der Name teuer sein, jung aber auch. Ich dachte erst an *Altruïste*, selbstverständlich mit zwei Pünktchen auf dem i. Die Jugendlichen und sogar die Studenten, die ich gefragt habe, wie ihnen der Name gefällt, was sie sich darunter vorstellen, waren allerdings ziemlich ratlos. Eine Krankheit – vielleicht wegen Alzheimer –, eine antike Stadt. Einer hat sogar gesagt, das sei ein anderes Wort für Geizkragen. Gestorben.

Der Name muß Programm sein, vor allem für diejenigen unter den Benutzern, die keines haben. Mäßig aggressiv ist auch gut, leidenschaftlich ebenfalls, aber das Make-up darf nicht gefährdet werden. Nichts Verschwitztes. Und ein bißchen klugscheißerisch: *Chanel me*, *Chanel me not*. Beim Auftragen muß man das Gefühl haben, gerade einen IQ-Test mit Bravour zu bestehen.»

Sophia zog die Füße vom Geländer zurück und schlug energisch ein Bein über das andere, als müsse sie etwas bekräftigen.

Johannes atmete aus, Stunden könnte er ihr zuhören, ihr Gesicht in Bewegung erfassen: empört, belustigt, kämpferisch. Leicht angetrunken. Schöne Vorträge. Schöne Vortragende.

Mit dem Zeigefinger schrieb er *Utopia* in die Luft.

«Nicht schlecht», sagte Sophia und hielt ihm ihr linkes Handgelenk unter die Nase: «So könnte sie duften, deine Utopie. Aber wahrscheinlich gibt es sie schon. Woanders. *Che* funktioniert übrigens auch, ebenso *Trotzkij* und *Malcolm X* – die Haut ist die beste aller Werbeflächen und gleich nach dem Nummernschild der bevorzugte Ort für die Einschreibung unserer Botschaften und Überzeugungen – vollwaschbar, vergänglich.»

Sie trank weiter in großen Schlucken, Zungenlöser, dieser Wein. Gut so.

Johannes hatte, während sie im Bad war, eine zweite Kerze angezündet, den Strauß mit Plastikblumen vom Tisch verbannt, die angeschmorte Tischplatte mit einer Serviette abgedeckt. Im weichen Licht der Flamme hatte sein Gesicht etwas Zärtliches, Einverstandenes. Vielleicht hätte er sich, könnte er sprechen, über das Geschmack- und Trostlose des Willens zum Dekorativen auch noch unter den schäbigsten Umständen ausgelassen, statt dessen veränderte er einfach, keine Aufregung, gemessene Bewegungen, zielsicher. Im Wohnraum hatte er zwei Bilder abgehängt, die aus Kalendern oder Illustrierten geschnitten worden waren, eines zeigte einen getunten, tief gelegten Mazda, das andere Heidi Klum. Beide lagen nun bäuchlings auf dem Fernsehgerät, auf dessen schwarzem Schirm sich

Sophias und Johannes' Bewegungen im Raum gespiegelt hatten wie in Umsetzung einer planvollen Dramaturgie.

Am liebsten hätte Sophia in diesem Moment ihre Hand zu ihm ausgestreckt und ihn berührt – welche Vergewisserung das wäre, wußte sie nicht zu sagen. Vermutlich nur eine kleine Enthemmung, mehreren Gläsern Rotwein geschuldet.

– Was ist für dich der Gegensatz von Utopie?

Sophia zuckte zusammen, es fiel ihr schwer, sich an seine Berührung bei den Satzanfängen zu gewöhnen, so leicht sie war: ein kurzes Antippen der Schulter, des Oberarms. Auch an die Art, abzufragen, nachzufragen, als wäre er beständig im Formulieren grundlegender Gedanken begriffen und brauchte einen Satz letzter Hand. Das Unbestimmte der Rauchfahnen, die zum Himmel zogen, von Windstößen zerklüftet, am Ende als kaum sichtbare Schleier zurückblieben auf dem schwarzen Hintergrund, hatte sich als Stimmung auf sie übertragen, und sie hatte keine Lust nachzudenken. Sie wollte trinken und nicht mehr wissen als das, was sie sah: den Mann mit aufgeknöpftem Hemdausschnitt, den hohen Himmel, das streng aufgereihte Tannenspalier.

«Männer, die ständig die Welt erklären!» rief sie.

Als sie ihm das Gesicht zuwandte, um seine Reaktion zu sehen, legte Johannes seine Rechte um ihren Kopf und zog sie zu sich heran. Sophia ließ es geschehen, überließ sich, überrascht, mit einem angenehmen Gefühl der Unbeteiligung. Wobei Johannes Griff so fest war, daß er nichts Verführerisches, Überredendes hatte. Er war einfach zupackend. Er küßte erst ihre Lippen, dann erforschte er mit einem Nachdruck, der sie verwirrte – sie hätte nicht sagen können, ob es sie erregte oder aufregte –, mit seiner Zunge ihre Zunge. Auf der Suche nach Spuren: auf der rauhen

Oberfläche, der glatten Unterseite, der glitschigen, wendigen Spitze. Über die Zähne, das Zahnfleisch, den Gaumen: Als würde er abschmecken, ermessen, Zutaten herausfiltern. Er mußte die Augen schließen.

Wie anders der Wein in ihrem Mund schmeckte, wie anders ihr Speichel: Wortfluß. Johannes stöhnte, ohne einen Laut von sich zu geben, Sophia spürte es nur an der aufwallenden Bewegung.

Aus dem Kuß war eine Erkundung geworden, sie versuchte den Kopf zu heben, nahm schließlich sein Gesicht in ihre Hände, hielt es fest. Sagte, wie zu einem Kind, *es ist ja gut so* oder *alles wird gut*. Sie hörte sich keuchen. Wischte mit dem Handrücken über den Mund.

Nach einer langen Pause fragte sie: «Hast du etwas herausgefunden?»

Er holte Luft wie nach einem Spurt, ihr Haar hatte nach Rauch und Gegrilltem gerochen, ganz schwach auch nach Pfirsich. Ein Kindershampoo – er hatte es in ihrer Tasche im Bad gesehen. Und die Zunge: unbeschreiblich.

– Ich fühle mich immerhin ein wenig eingeweiht.

«Bei mir gibt es nichts nachzuschlagen», sagte Sophia ohne Feindseligkeit, und in der Ferne, dort, wo gegrillt wurde, war Gelächter zu hören, Brüllen: Jemand hatte einen Witz erzählt.

Sie saßen noch eine Weile aneinandergelehnt, die Erregung abgeflaut, der Nachthimmel über ihnen wie immer. Selbstverständlich und unverstanden.

Am nächsten Morgen erschien Sophia zum Frühstück auf dem Balkon mit dem Gefühl, sich blamiert zu haben. Die Sonne schien weiß und stechend, sie hatte den Waschbeton schon aufgeheizt, kein Wind ging, der braune Rasen verbrannte weiter. Das Abgerissene und Schäbige der ganzen Anlage unbarmherzig ausgeleuchtet.

Johannes war unbefangen, so unbefangen wie bei der Verabschiedung, nachts: Schon halb auf der Leiter hatte er ihre Wange geküßt, *schlaf gut* gesagt und sich im oberen Bett ausgestreckt. Sophia hatte durch die halboffene Tür noch gehört, daß er sich ein paarmal drehte, bevor er eine bequeme Position erreicht hatte, dann tiefe, regelmäßige Atemzüge, später leises Schnarchen. In ihrem Zimmer war es stickig, das Fenster zur Treppengalerie ließ sich nicht öffnen, die Matratze war durchgelegen – ein unangenehm verbrauchtes Bett, das Laken reichte kaum, um die kratzige Decke von der Haut fernzuhalten, schließlich stieß sie beides mit dem Fuß ans Bettende. Johannes? hatte sie zwei-, dreimal in die Dunkelheit gefragt und natürlich keine Antwort erhalten. Die Vorstellung, daß er sie vielleicht hörte, hatte sie aufgewühlt – zu ihrem eigenen Erstaunen. Sie hatte noch seinen Geschmack im Mund, vermischt mit dem säuerlichen des Weins. Mit dem Gefühl, eine beinah wichtige Entscheidung zu treffen, beschloß sie, die Zähne nicht ein zweites Mal zu putzen. Licht aus. Film ab. Wie gut sie das kannte. Nur die eigene Stimme klang fremd. Laut hatte sie noch nie darüber gesprochen.

Johannes? Es ist lange her, daß ich mit einem Mann die Nacht verbracht habe, ich werde ewig brauchen zum Einschlafen. Lin-

kisch fühle ich mich – ungerüstet, unerfahren. Das Kitschige an meiner Trauer erschreckt mich, das Maßlose auch. Ein einziger Anruf hat unsere Leben, seins und meins, voneinander getrennt, mit der Wucht eines Fallbeils: Es geht nicht mehr, das mußt du verstehen, höhere Gewalt, auch mein Herz bricht.

Seitdem bin ich zum Trennungs-Theorie-Weltmeister geworden, zum Spitzenreiter im Paar-Röntgen: Schwindsucht allenthalben. Zur ehrgeizigsten Schmerz-Analytikerin.

Zum Beispiel: Jedem Opfer wohnt die Logik des Tauschs inne, der Verlust dagegen ist nur Willkür, reine Willkür.

Oder: Die Tugend, die aus Not entsteht, kann es sich nicht leisten, an ihren Ursprung erinnert zu werden.

Stunden könnte ich mit markigen Sätzen wie diesem füllen und bin sie selbst so leid. Aber sie mahlen in mir.

Im Verrat wird der eigene Körper zum Corpus delicti, man lebt in ihm wie in einer Strafsache, die Kündigung gilt vor allem ihm: Lieben werde ich dich mein Lebtag lang, aber wahrhaben darf ich dich nicht mehr. Hast du schon einmal solch eine Abschaffung erlebt? Dich jede Nacht beim Einschlafen verrenkt wie im Entzug? Jedes Aufwachen ist begleitet vom vielfachen Hall aller Schwüre, Schreie und Zusagen. Was man sich, Mund an Ohr, zustammelt: Es sind keine Versprechen, es sind nur Aufladungen, Stromstöße, vom Schweiß zuverlässig in die Zentralen geleitet, dort gespeichert, auf Wiederruf und Widerruf. Ich fürchte, ich bin ein Liebesfundamentalist. Wie sonst soll man feiern, daß man lebt. So lebt wie wir. Ach, Johannes, nichts ist furchtbarer, als wenn von einer großen vergangenen Liebe erzählt wird; man hört die Violinen schluchzen und die Wörterbücher ächzen. Sei froh, daß du mich nicht hörst.

Es war erlösend, die Sätze auszusprechen, so als würde es nach unzähligen Generalproben endlich zur Aufführung kommen. Aber es war auch albern: Geschliffen und gefeilt hatte sie an ihnen, als ginge es um jemandes Beifall. Und deshalb schämte sie sich jetzt.

Johannes schenkte ihr Kaffee ein, er las erneut in dem kleinen roten Buch, das er ihr bereits auf der Fahrt und in Kelmis gezeigt hatte. Lachte vor sich hin.

Sophia entspannte sich, vermutlich hatte er nichts gehört, nachts, sie blinzelte in die Sonne: Am Himmel schwebte ein Ballon, darunter die spitzen Wipfel der Tannen, wie Lanzen auf ihn gerichtet. Die Gondel war gerade noch auszumachen, die Menschen darin unsichtbar.

– Würdest du auch gerne?

Sophia schüttelte entschieden den Kopf.

«Nein, ich bin Fußgänger, durch und durch. Mir reicht der Himmel auf Erden.»

Johannes schaute sie an, sie schämte sich schon wieder, diesmal für die Formulierung, aber er spottete nicht, sondern nickte bloß: *schön*.

Dann las er weiter, lachte wieder auf und hielt das Buch so, daß sie lesen konnte:

Für Heer und Polizei braucht die Verwaltung von Neutral Moresnet glücklicherweise keine erheblichen Aufwendungen zu machen. Denn seine gesamte bewaffnete Macht vereinigt sich in der Person eines einzigen Beamten, des Feldhüters Mager, der, heute fünfundsiebzig Jahre alt, seine vielseitigen Berufspflichten seit mehr als vier Jahrzehnten in musterhafter und dem vorhandenen Bedürfnis durchaus genügender Weise erfüllt. Er ist der Kriegsminister, der Minister der öffentlichen Arbeiten, des Innern und der auswärtigen Angelegenheiten für Neutral Moresnet. Gegen seine salomonischen Entscheidungen gibt es keine Berufung, und seine stattliche Uniform, die im wesentlichen nach deutschem Muster zugeschnitten ist, verleiht ihm eine ausreichende Autorität, um die strikte Befolgung seiner Anordnungen zu sichern.

– Ist er nicht wunderbar, dieser Feldhüter? Johannes zeigte auf das Wort.

– Feldhüter! Vielleicht sollte man diesen Titel in seiner ganzen Amtsfülle wieder einführen.

«Ich wäre allerdings», sagte Sophia, kaute, trank – friedfertig und erneut dankbar, daß die Nacht unkommentiert blieb, «ich wäre allerdings dafür, die Sache mit der Uniform zu ändern. Ein echter Salomon braucht keine.»

Sie streckte das Gesicht der Wärme entgegen – von einer Zufriedenheit erfüllt, die sich auf nichts bezog. Alles war, jedenfalls in diesem Moment, richtig. Johannes: Unter den weiten Ärmeln seines T-Shirts sah sie eine zarte Linie, oberhalb derer die Haut weißer wurde. Der Hals war braun. Im Bad hatte sie die wenigen Gegenstände, die auf seine Anwesenheit verwiesen, mit derselben Rührung betrachtet: Zahnbürste, Zahnpasta, Rasierpinsel, Rasiercreme, Deo. In der hinteren Hosentasche ein Kamm. Im Nacken die Haare feucht vom Duschen. Sie hatte nichts von seinen Vorbereitungen gehört – so spät wie sie eingeschlafen war –, alles an ihm schien so diskret, so beiläufig und leichterhand, mit keiner Forderung verbunden, von keinem Drängen erfüllt. (Bis auf den merkwürdig forschenden Kuß.) Aber als er sie gefragt hatte, ob sie mit ihm käme – da hatten doch in seinem Blick gelegen: Entschlossenheit, Unsicherheit, helle Aufregung.

Johannes zeigte nach unten: Ein winziges Hündchen, Pinscher oder Chihuahua, wurde von einer in viel zu weiten Kleidern schlotternden, kindlich kleinen Frau ausgeführt. Sie schwankte und stürzte fast, als der Hund sich mit seinem geringen Gewicht in die Leine stemmte. Sie setzte jeden Schritt mit der Vorsicht einer Minengängerin, die Schultern hingen unter der weiten Popelinejacke, mutlos, die ganze kleine, verzagte Gestalt schien das Eingeständnis eines jämmerlichen Versagens: den Himmel nicht gestützt zu haben. Die schwarze Brille mit den riesigen Gläsern machte aus dem Kopf einen Schädel. Der Hund hatte eine Witterung aufgenommen und rannte, soweit die ausfahrbare Leine dies zuließ, erregt kläffend in alle Richtungen; sie schaffte es nicht, die Leine zu entwirren und ihre Beine zu befreien. Sie stand, wie gefesselt, zündete mit fahrigen Händen eine Zigarette an, stand. Das war kein Warten, worauf auch, das war ein Erstarren – ähnlich der Starre eines Tieres kurz vor der sicheren Erbeutung.

– Delirium. Johannes verdrehte die Augen, und Sophia schaute ein bißchen weg. Zuviel Mimik berührte sie peinlich.

– Ich habe sie gestern schon gesehen. Ein Gesicht, wie es nach einer großen Katastrophe übrigbleibt, den Schreck, noch zu leben, im Blick.

«Ich glaube, wir sind die einzigen beiden normalen Gäste hier, unser Vermieter verdient sich eine goldene Nase an all den Gastarbeitern, Asylsuchenden, Sozialhilfeempfängern – den Elenden – und erhält wahrscheinlich noch von der Gemeinde Zuschüsse für die Unterbringung. Ganz schön heruntergekommen die Idee der völkerverbindenden Verständigung in einer Sprache der Hoffnung, wie sie dein Herr Sowieso hatte.»

– *Molly*, schrieb Johannes, der Herr hieß Molly. Wilhelm Molly. Er war hier um die Jahrhundertwende herum Bürgermeister, hatte also das Amt inne, das in dem Beinahstaat das verantwortungsvollste war, ähnlich wie das des Feldhüters einige Jahrzehnte zuvor. Eigentlich war er Arzt, wurde aber dann zum Esperantisten bekehrt. Wenn du magst, gehen wir heute ins Göhltalmuseum und finden heraus, was es über ihn zu wissen gibt.

Sie saßen noch ein wenig, tranken den lauwarmen Kaffee aus, hielten einfach still in der Hitze. Als sie aufstanden, die Rücken schweißnaß, waren die Abdrücke der Plastiklehne als dunkle Streifen sichtbar.

Das Museum sah aus wie eine Kirche, eine moderne, ehrgeizige Kirche. Als hätte der Architekt neben der eigentlichen Planung bereits die Artikel in der Lokalzeitung über den metaphysischen Lichteinfall mitbedacht. Links von der Eingangstür war in einer Art Schaufenster ein Querschnitt der Sehenswürdigkeiten ausgestellt: Kleine Brocken Zinkerz, Bergwerks-Werkzeuge, Overalls, bräunlich verfärbte Fotografien, Esperanto-Embleme. Ein grauhaariger Herr Mitte sechzig, die Lesebrille auf der Nasenspitze, öffnete ihnen die Tür, bat sie hinein wie in ein Privathaus. Ein schöner Windstoß schlug die Tür sofort nach ihrem Eintritt mit Wucht ins Schloß – als wolle er etwas besiegeln. Man mußte sich an die schlechte Beleuchtung gewöhnen. Ein Dämmerlicht wie unter Tage, allein die Vitrinen waren hell.

Das Museum veranschaulicht auf sehr subtile Weise die politische und geschichtliche Sonderbarkeit des «Neutralgebietes von Moresnet», las Sophia aus der Broschüre vor und mußte über «subtil» und «Sonderbarkeit» lachen. Wie schlecht übersetzt höre es sich an, meinte Johannes, ein Bastard-Deutsch aus drei Kreuzungen.

Auf Samtkissen lagen Briefmarken aus, die nur siebzehn Tage in Umlauf gewesen waren, bevor sie wieder eingezogen wurden. Daneben Münzen. Weder Preußen noch Belgien wollten aus dem neutralen Gebiet einen regelrechten Staat entstehen lassen, und die zersetzende Kraft, die das Zirkulieren der Briefmarken und der eigenen Währung – eine Initiative desselben Wilhelm Molly, wie Johannes erläuterte – freigesetzt hätte, mußte unterbunden werden. Frankieren heißt nicht umsonst: freimachen.

In der Nachbarvitrine wurde die charakteristische und seltene Flora eines Zinkbodens gezeigt. Die Pflänzchen sahen mitgenommen aus, als litten sie unter der Gefangenschaft.

Sind das nicht wunderbare Namen! Johannes deutete auf die kleinen Schildchen mit Beschriftungen:

Galmeiveilchen, *Grasnelke*, *Frühlingsmiere*, *Galmeitäschel*, *Taubenkropf (Silena inflata)*, *Schafschwingel (Festucca orina)*

Er verschwieg ihr, daß er sich vorstellen konnte, ihr *Grasnelke* oder *Frühlingsmiere* ins Ohr zu betten, mit seiner schönsten Stimme, wenn sie, eng umschlungen, auf einer Wiese, einem Laken, einer Rückbank – sonstwo – lägen, satt, matt, im neuen Lot.

Sophia lehnte sich leicht gegen ihn, als sie sich zu den Pflänzchen (*aus der Sammlung Molly*) hinabbeugte. Sie hatte verstanden.

Eintretend, hatte der Museumsverwalter nach der Sprache gefragt, in der sie Belehrungen wünschten. Er biete Französisch, Niederländisch und Deutsch an. Dann hatte er sich zurückgezogen, als wäre das die vierte Sprache. Sie hörten ihn telefonieren; wieder dieses eigenartig singende Saarfränkisch (behauptete Sophia), das alle Konsonanten zum Schwingen brachte. Wie Verschwörer schlichen sie sich – im Beisein der sicher am Apparat vertäuten Stimme – in den Nachbarraum, Fotografien überall. Sophia ging im Uhrzeigersinn, Johannes dagegen. Die meisten Bilder waren bräunlich verfärbt, manche vergilbt – rührend vergangen.

Am Vierländerblick, stand unter dem ersten, darüber *op't hoogste punt van Nederland*. Abgebildet waren drei uniformierte Herren, Zöllner oder Polizisten, mit geschulterten und aufgespießten Gewehren neben drei Grenzsteinen; alle drei blickten sehr offiziell in die Kamera. Am rechten Bildrand, gedichtet:

Wo sich vier Länder küssen // Drei Steine find'st du dort / Von Belgien-Holland, / Deutschland / Und vom neutralen Ort. / 's ist der von Belgien-Holland / Der in der Mitte steht, / Dort rechts Ihr den Neutralen / Und links den Deut / schen seht.

Der Preuße links trug eine Pickelhaube, einen Schnauzbart wie die anderen beiden und eine grimmige Entschlossenheit zur Schau, den Grenzstein vor Übergriffen zu schützen.

Daneben das Bild von drei Briefträgern, jeder mit einer gewaltigen Umhängetasche, als verteilten sie auch die Post in dreifacher Ausfertigung.

Das muß ich ihm erzählen, dachte Sophia, wie sich hier Komik, Ernst, Offiziöses und Karnevalistisches mischen, Menschen in Uniform, hatte er einmal gesagt, haben immer etwas Verzweifeltes – als wären sich ihre Träger nicht ganz darüber im klaren, ob nach dem Ablegen etwas übrigbliebe.

Dann fiel ihr ein, gewaltsam ein, als hätte sie einen Schlag in den Nacken erhalten, daß sie sich schon längst nichts mehr erzählten. Eine vollständige Austreibung. Sie hatte den Ring, den er ihr geschenkt hatte – in Weimar gekauft –, einfach weiter getragen, nur nach der Trennung von der rechten auf die linke Hand verschoben, die Witwenhand. Am Morgen des Abreisetags nach Kelmis hatte sie ihn abgelegt (das sollte, wünschte sie sich, ein gutes Zeichen sein), und jetzt war er nur noch als ein Streifen hellerer Haut zu sehen.

Warum kannst du nicht zu mir stehen? hatte sie mit kindlicher oder kindischer Hartnäckigkeit immer wieder gefragt, im unglücklichen Bewußtsein der Unangemessenheit einer solchen Forderung, deren Erfüllung ihr als Dritte nicht zustand und die in der Schlichtheit der Formulierung auch noch gegen das Gebot der verschleiernden (oder auch tröstlichen) Sprachraffinesse verstieß, die sie normalerweise – soweit von Normalität überhaupt die Rede sein konnte – walten ließ. Das geschah bei den tränenreichen Treffen, die es nach dem Bruch noch gab, ersehnte und gefürchtete Begegnungen, und irgendwann hatte er, voller Zorn, ausgerufen: *Ich habe mich eben für meine Ehe entschieden. 25 Jahre! Und nie ein Zerwürfnis!* Da war sie aufgesprungen, ihr Glas war umgestürzt – Zerwürfnis! –, das hatte sie noch wahrgenommen, und über den Domplatz gerannt in ein Dunkel hinein, das seitdem anhielt.

Unvermittelt spürte sie eine große Dankbarkeit für Johannes, für sein verrücktes Moresnet, seinen Esperanto-Tick, ja sogar für seine Stummheit. So konnte sie sich vielleicht alles von der Seele reden – ohne zu reden.

Zwei weitere Besucher traten ein, ein Paar offensichtlich, Hand in Hand. Der Mann Anfang fünfzig, die grauen Haare lang, buschig. Hinter den Brillengläsern ein rauflustiger Blick. Die Frau etwas kleiner, etwas jünger, kräftig. Blond, gefärbt, aber so teuer gefärbt, daß es echt aussah. Ti! rief sie ihn und er sie: Hexlein, ganz unbefangen auf deutsch, schau mal hier und schau mal dort – Sophia wandte sich, vom Neid überwältigt, ab und machte sich auf die Suche nach Johannes. Im Vorbeigehen roch sie: Liebe, noch bettwarm, von einem Duft überlagert, den sie nicht kannte, für den sie aber sofort nach einem Namen zu suchen begann. *Intimacy*: ein dümmlicher Automatismus, ein Überfall, der Überrumplung geschuldet, die Gerüche auslösen können. Sie atmete heftig aus, das Knarren der alten Dielen unter jedem Schritt tat ihr gut.

Johannes stand im Nebenraum, so vertieft in eine Fotografie, daß er sie nicht hörte. Ein Modell des Zinkerzwerks war unter Glas in der Mitte des Raums aufgebaut, man konnte auch die Stollen sehen und darin die winzigen Figürchen der Bergarbeiter. Sophia umrundete es lustlos und trat dann hinter Johannes, ihr Kinn berührte fast seine Schulter.

– Schau!

«Wer ist das?»

– Das sind Wilhelm Molly und Sophia Zamenhof (er deutete auf die Bildunterschrift), auf dem Esperanto-Kongreß 1908 in Dresden. Sophia ähnelt ihrem Vater, die gleichen schweren Augenbrauen, immer ein wenig hochgezogen, als würde sie sich unausgesetzt wundern über die Welt vor ihren Augen. Sie ist 19 auf dem Foto, Molly könnte ihr Großvater sein.

Man sah die beiden in ein Gespräch vertieft, Sophia in einem stark taillierten Kleid, Molly mit Hut. Sie standen nicht besonders nah beieinander, und doch gewann man den Eindruck von Nähe, mehr noch, von zärtlicher, aufgeladener Zugewandtheit.

Sie das Gesicht zu ihm, der einen Kopf größer war, gehoben, er zu ihr geneigt, ohne Herablassung.

Es war, als hätte der Fotograf auch den Blick, den sie einander schenkten, getroffen.

«Weißt du etwas über die beiden?» fragte Sophia.

– Es hängt von uns ab.

Sophia starrte ihn an, unsicher, ob sie richtig verstanden hatte. Sie wiederholte den Satz, und Johannes nickte, ja, genau.

Sie waren vom Museum aus fast zwei Stunden gewandert: zu der Ruine des Schlosses Eylenburg, dessen mürbe Mauern im schönsten Blaustein unter der Frühlingssonne noch mehr zu bröckeln schienen, zwischen Viehkoppeln und kleinen Weihern, schwirrenden Blumenwiesen und von Blutbuchen gesäumten Hainen. In der Luft Vogelgesang – aufgespannt wie ein Dach aus Tüll.

– Arkadien.

Johannes zog Sophia unter den gewaltigen Laubschirm einer Linde, holte aus seinem Rucksack eine karierte Decke und den Schreibblock. Nur zu zweit ließ sich der Stamm des Baums umfassen, so dick war er. Sie standen, den Baum in ihrer Mitte, die Hände verschränkt, und Sophia dachte, es würde sie nicht wundern, wenn plötzlich ein Aufnahmeteam, ein Kamerawagen auf sie zukäme, Klappe, Szene sieben, los, und sie begänne, den verabredeten Text zu sprechen, in dem *Liebling*, *traumhaft* und *für immer* wie Drillinge auftraten. Die Rinde der Linde war tief zerfurcht, in den Rissen Ameisenzüge. Hinauf und hinab in unterschiedlichen Rillen, ein hochorganisiertes Einbahnstraßensystem. Eine Emsigkeit, die dem Betrachter grundlos, idiotisch vorkommen mußte. Sophia spürte, wie Johannes ihre Hand auffordernd drückte; sie ließ los und ging um den Baum herum zu ihm. Da: Johannes' Finger berührte die rissige Rinde. Man sah ein Herz, durchbohrt mit einem Pfeil, darüber W + S. Keine Zahl.

«Das können doch nicht die beiden sein!» protestierte Sophia. «1908!»

– Eine schöne Annahme – sie wird uns guttun.

«Bei unserer Vergangenheit, meinst du? Oder unserer Gegenwart? Zwei Enttäuschte unterwegs zur Kur? Corriger la fortune?»

Sophia ließ nicht locker, gerade weil sie spürte, daß sie ihren eigenen Grimm auf ihn übertrug.

«Kleine, nachträgliche Korrektur, Notwehr gegen das Faktische? List? Eine jüdisch-preußische Lovestory, Balsam auch auf die Wunden unserer Paar-Katastrophen?»

Johannes blinzelte, als müßte er seine Sehschärfe der Schärfe ihrer Worte anpassen, dann, wieder mild, sanfte Bewegungen:

– *Man muß ins Gelingen verliebt sein* – kennst du das?

Sophia schnaubte nur ein wenig, sagte so etwas wie *du unverbesserlicher Sprücheklopfer*, aber das Kriegerische war fort. Er wartete auf ihr Lächeln, es kam, zwar nur halb entlassen, aber ganz versöhnlich.

Sie ließen sich nieder, am Horizont die Hügellinie – geschwungen wie eine Melodie –, und Sophia sagte, man müsse Gott danken für solch einen Blick.

– Glaubst du denn?

«Nein, aber ich habe ein Gefühl der Dankbarkeit, und das sucht einen Adressaten.»

– Hier!

Johannes beugte sich zu ihr und küßte sie auf die Lippen, kurz, beinah amtlich, dann lehnte er sich zurück, auf die Ellbogen gestützt, und ließ sich die Sonne aufs Gesicht scheinen.

«Mundraub!» sagte Sophia und dann: «Wie fängt sie denn an, die Liebesgeschichte vom Esperanto-Bürgermeister und der Esperanto-Tochter?»

– Fährst du mit mir ins blaue Land?

«Blaue Land?» fragte Sophia, unsicher, ob sie richtig verstanden hatte. Johannes wiederholte die Gebärde, *blau* deutlich mit den Lippen artikulierend.

«War das nicht auch die Frage an mich?»

Johannes grimassierte, formte mit den Lippen das *B*, lachte – wie ein Depp, dachte er – über den Widerstand, den er an den Lippen spürte. Sophia senkte den Blick – so überdeutlich die Mühsal, die Schwerfälligkeit der Hervorbringung. Dem Fluß von Gedanken, der Schnelligkeit von Einfällen so unangemessen.

«Blau sein ist gefährlich, ich bin alt genug, um das zu wissen.» Sie berührte seinen Arm.

– Gut, das wird der zweite Satz. Johannes lachte sie an und sah jung aus, unbekümmert.

Dann streckten sich beide aus, ihre Blicke abgeschirmt vom unwirklichen Grün der Baumkrone.

Unter dieser Linde haben die Liebenden, die es nie gab, vielleicht gelegen und die Leichen auch – wenige Jahre später. Die Wurzeln der Linde blutgetränkt, ihr Laub überschattete Katastrophen – man sieht es ihr nicht an. Aber uns gehen sie über in Fleisch und Blut, und wenn wir so leben, als gäbe es Geschichte nicht in unserem Erfahren, sondern nur in Ereignissen außerhalb von uns, vor uns, nach uns, werden wir zu Geschichts-Analphabeten und damit Kitsch-Junkies.

Johannes brach dies inwendige Sprechen mit dem Gefühl ab, selbst mit einer Stimme ausgerüstet mittlerweile nur noch Schrift-Sätze produzieren zu können. Es schloß ihm die Augen.

Sophia las in dem Reiseführer, bald wurde sie schläfrig von der Wärme und rutschte an ihn heran, den Kopf in seiner Armbeuge, das Konzert der Zikaden um sie herum der einzige Aufruhr. Sonst: Friede, jenseits der Schaltkreise. Warum traut man dem nicht und sucht sofort das Retuschierte daran? War es so, wie Johannes sagte – war man immer Nachkomme mit dem Wunsch nach falschen – also echten – Ursprüngen?

Sie lagen. Die Wärme, der andere Herzschlag, Sophias Atem – wenigstens hatte man so den Nachweis, selbst zu leben, dachte Johannes und bewunderte das Licht in ihrem Haar. Die Sonne stand hoch, bei jedem Windstoß verlor der Schatten, die Wärme drang hindurch, und das eigene Gesicht wurde wie vom Strahl einer Taschenlampe ausgeleuchtet.

Vor Jahren – er könnte sie nachzählen – war er unter dem schrillen Licht eines Operationssaals zu sich gekommen, das Gesicht eines Fremden mit scharfen Konturen über sich, die Frage: «Warum hast du das getan?», der Versuch, zu antworten: «Ich weiß es nicht, und wenn ich es wüßte, würde ich es dir nicht sagen», und die plötzliche Gewißheit, daß die eigene Stimme auch jetzt nicht wiederkehren würde. Ihr war der Abschied gelungen – längst. Im Krankenhaus dünsteten die Wände sein Versagen aus, sie schwitzten es aus, sie plauderten es aus. Alle, die ins Zimmer traten, schienen gerüstet für einen Idioten, trugen ein sozialpädagogisches Lächeln zur Schau, eine mit Geduld und Großmut gewappnete Miene, schritten energisch aus, als müßten sie Ungeziefer im Zimmer gewärtigen. Die Stimmen laut und voll mit dem, was er vermissen ließ: Schwung. Was ihn, wenn er daran dachte, noch immer am meisten verwunderte, war, mit welchem Appetit er bereits am nächsten Morgen gefrühstückt hatte. Und wie ungerührt er den Nachrichten (genauso schlechten wie zwei Tage zuvor) gelauscht und mit derselben Spottlust wie immer auf den Wetterbericht – *harmlose Wolkenfelder* – reagiert hatte, das eigene Spiegelbild im Neonlicht des Badezimmers ohne jeden Aufschluß. Als wäre er auf *Los* zurückgekehrt, nachdem er von einer unsichtbaren Hand (ein Schatten von oben) mitten auf dem Weg (wohin bloß) gefällt worden war. Ein Vorfall; weder tragischer noch folgenreicher als eine streikende Batterie, die mit Startkabeln wieder in Gang gesetzt wird. *Litt er an der Welt*? Wurde er gefragt. *Am Vietnamkrieg? An Liebeskummer? An seiner Männlichkeit? An der Mutter, der toten, der Vorgängerin?* Zu allem hatte er genickt, unglücklich, aber ohne Hochmut. Nicht, weil es stimmte, sondern weil es nicht besser zu wissen war. Und hatte es nie wieder versucht – möglicherweise war ihm selbst die Bahn abhanden gekommen, aus der er mit siebzehn dachte geworfen worden zu sein. Marode war er, das hieß in der Soldatensprache: marschunfähig, wegmüde. Wegmüde in Ermangelung eines Wegs. Die Marodeure waren diejenigen, die als Nachzügler einer Truppe plünderten – hatte er das getan, war er jemandes *black marauder*, wie es in einem Gedicht hieß? Bestimmt war es das Gedicht eines Selbstmörders, Gattungen, Epochen, Sprachen hatten ihn nicht interessiert. Einziges Auswahlprinzip bei seinen pubertären Lektüren: Selbstmörder der Autor, Selbstmörder eine Hauptfigur oder wenigstens jung und tragisch verstorben. Sophia würde sich vermutlich totlachen bei der Vorstellung, er sei ein *schwarzer Plünderer*. Die Harmlosigkeit in Person, stimmlos. Mit einem Hang zu trockenen Leidenschaften. Esperanto, Utopie und Bücherstaub. Kreuzworträtsel. Was bewegt die Welt mit fünf Buchstaben, waagerecht? Senkrecht gekreuzt von der Frage nach Liebe auf französisch.

Er öffnete die Augen, Schnitt: grünes Laub, fröhlich bewölkter Himmel. Schütteln und Aufsetzen. Neben ihm ein braunhaariges Geschöpf mit entspanntem Gesicht, regelmäßigen Atemzügen und braungebrannten nackten Füßen, die einem Kind zu gehören schienen. Als Sophia seinen Blick spürte, öffnete auch sie die Augen.

– Was hat er gemacht, dein Mann?

Sie rappelte sich auf, mit ungelenken Bewegungen, der Körper noch auf *Standby*. Johannes konnte fragen!

«Er war Meteorologe. Die ideale Ergänzung zur Archäologie. Das Überirdische und das Unterirdische. Himmel und Erde. Er hat sich von Berufs wegen mit der höheren Gewalt beschäftigt. Für das Irdische war anscheinend keiner von uns beiden zuständig.»

Vorsichtshalber lachte sie ein bißchen und hätte am liebsten nach dieser Erklärung, die ebenso gestelzt und programmatisch klang wie die früheren Antworten, sofort zurückgefragt: Und warum sprichst du nicht? Aber dann erschien ihr die Promptheit zu kindisch, zu rachsüchtig. Außerdem hatte sie den Verdacht, daß ihre Antworten so papieren ausfielen, weil sie auf Texte reagierte: Da Johannes nicht sprach, schien alles wie gedruckt.

Sie summte vor sich hin, unschlüssig. Dann, auf einmal, gegen einen gewissen Widerstand, wandte sie ihr Gesicht ihm ganz zu, suchte seinen Blick:

«Er war nicht mein Mann, er war verheiratet, wir waren dennoch mehrere Jahre zusammen, besonders auf Reisen oder in einer seiner Wohnungen, in Köln und Leipzig. Wir hätten sogar beinah ein Kind gehabt. Ich habe es verloren. Sechzehnte Woche.

Eines Nachmittags, eines x-beliebigen Nachmittags, nach drei Jahren, ein Anruf, das Ende. Wie sagt man so schön? Wir waren aufgeflogen. Seine Seite im Bett noch warm. Seitdem –»

Sophia brach ab, überwältigt. Davon, daß sie überhaupt darüber sprach und wie sie darüber sprach. Es klang wie das

Passepartout einer Affäre, einer höchst gewöhnlichen Affäre mit höchst erwartbarem Ausgang.

«Es geht nicht», sagte sie, und Johannes nahm sie in den Arm, als sie sich aus dem Sitzen heraus einfach fallen ließ. Er hielt sie und machte keinen Versuch, sie zu beruhigen, er ließ sie heulen, schluchzen, flennen und schließlich, friedlich, ausweinen.

«Er ist Klimaforscher.» Sophia schneuzte sich, lehnte sich zur Seite, um Johannes im Blick zu haben, «Wolkenspezialist. In Leipzig, im Troposphäreninstitut, gibt es einen Wolkensimulator, dort forscht er. *Cumulus humilis* hat er sich genannt, ich bin dein demütiges Wölkchen, und wenn ich wütend oder traurig war, hat er 83 gesagt, im warnenden Ton der Meteorologen. 83 bedeutet Schneeregenschauer. Einerseits. Andererseits umarmt die 8 die 3, sozusagen dauerhaft, für immer. Ohne die 3 ist die 8 nur die Hälfte.»

– Guter Typ.

Johannes strich ihr eine Strähne aus dem verheulten Gesicht.

«Morgens», sagte Sophia und zog die letzten Tränen und Rotz wie ein Kind hoch, «morgens hat er mich manchmal mit Musik geweckt, *Erwach! Weil du doch gar so reizend bist; du süße Maid steh auf! Und habe deinen Sänger lieb* – vor allem sei froh, daß ich nicht selbst singe, sagte er dann –, der Frühstückstisch gedeckt, Kaffeegeruch, am Himmel zwar keine Lerche wie in dem Lied, aber doch immerhin ein Taubenpaar auf der Pappel vor dem Fenster. Vermutlich zu schön, zu zuckrig, um wahr zu sein. Am Tag danach sieht immer alles aus wie ein Bühnenbild, und Maid und Minnesänger wischen sich die Schminke ab.»

Das Laub über ihnen flirrte in der Sonne.

Sophia begann das «Ständchen» zu summen. Im Augenblick gab es nichts hinzuzufügen.

Und hörte wieder auf, als sie spürte, wie intensiv Johannes zuhörte. Sie hatte keine schöne Stimme. Als Kind hatte sie immer dann angefangen zu singen, wenn ihre Eltern stritten. Ein inneres Ohrenverstopfen ohne die Offensichtlichkeit der Geste (für die ihr der Mut fehlte), ein Abschotten, eine Vergewisserung, noch nicht untergegangen zu sein. Auch ein Ansingen gegen die eigene Unsichtbarkeit – wäre sie es nicht gewesen, unsichtbar – wie hätten sich die Eltern dann in ihrem Beisein streiten können?

Und dann fiel ihr unvermittelt das Kind, Annika, ein. Sie blieb liegen, den Kopf in Johannes' Schoß. Was für ein stumpfsinniges Kind mit einem stumpfsinnigen Namen, den überdies niemand in ihrer unmittelbaren Umgebung richtig auszusprechen wußte. Sie hatte – nichts, nichts, was für sie sprach. In ihr war alles nur abwesend: die Grazie, das Zukunftsträchtige, das Zarte. Annika würde nur wachsen, ansonsten war sie schon jetzt so alt, wie sie je werden würde. Mehrere Sprachen täglich zu hören, hatte bei ihr anscheinend dazu geführt, keiner zu trauen. Von Johannes hatte sie sofort das Grimassieren übernommen und in alberner Übersteigerung – wie ein Pausenclown – eingesetzt, sabbernd, begeistert. Rote Flecken im Gesicht: altjüngferlich für den Lehrmeister entbrannt.

Sophia hielt inne, mehr verdrossen als beschämt über die nörgelnde Ausführlichkeit, mit der sie Annika bedachte. Die merkwürdigsten Leute versammelten sich jedenfalls unter dem Dach dieses Ferienanlagen-Wracks. Und wenn sie sich umschaute und die vollkommene Sommerlandschaft in sattem Sommerfrieden daliegen sah – alle Früchte der Erde könnten hier gedeihen, die gesamte Schöpfungsgeschichte in C-Dur könnte sich unter diesen Kronen, in diesen Weihern, vor diesem wolkenbetupften Himmel vollziehen –, dann stellte sich das gruselige Gefühl des Betrugs ein. Als hätte jemand geplant, eine Kulisse zur Verfügung zu stellen, die über jeden Verdacht erhaben war.

Zwischen ihnen, auf der gewürfelten Decke, die einem englischen Picknickkorb des vorletzten Jahrhunderts entsprungen zu sein schien (Picknick im Freien, ja, das war ihr vorherrschendes Gefühl, das Feriengefühl, das Gefühl, aus allen Zusammenhängen entlassen zu sein), lagen Johannes' Bücher. Landkarten, eine englische Biographie Zamenhofs, eine Kladde. Sie bewunderte seine Neugier, seinen Einsatz. Forschungsreise. Hatte sie je dergleichen unternommen? Ihr schien, daß jeder ihrer Aufbrüche und alle Reisen nur dem Wunsch nach Nähe zu oder Ferne von jemandem entsprungen waren, manchmal verbrämt als Fortschritt in der Karriere. Aber sie hatte nie gedacht, sich einmischen zu müssen oder irgendein geschichtliches Ereignis, das in ihre eigene Lebenszeit fiel oder ihr unmittelbar vorausging, mit sich in Verbindung zu setzen. Sie las täglich Zeitungen, hatte als Studentin demonstriert, unterstützte die Atomkraftgegner, wählte bei allen Wahlen, empörte sich über Unrecht und die Berichterstattung darüber. Sie dachte – durchaus verzweifelt – über die desolate Verfassung der Welt nach. Sie konnte von sich behaupten, sich an den richtigen Stellen zu schämen. Und sie wußte ebensogut, daß es eine völlig folgenlose Scham blieb. Und schämte sich wahrhaft nur über ihre kleinlaute Art zu leben, von der einen zur nächsten Liebe, von der einen zur nächsten Anstellung, vom einen zum nächsten Essen, von Sonntagabend-Fernsehkrimi zum Sonntag darauf, von Schuhkauf zu Schuhkauf – und immer so weiter. Johannes war anders, bewundernswert anders. Er konnte sich für ausgewählte – von ihm ausgewählte – Themen interessieren, er verglich und beurteilte Entwürfe. Politische. Soziale. Private. Wissensdurst setzte ihn in Bewegung. Schien ihr. Vielleicht half ihm die Stummheit sogar dabei, weil sie ihn stärker auf sich selbst bezog. Die Reise hatte er ja schließlich ursprünglich ohne sie geplant. Er widmete sich einer Sache. Möglicherweise lag der Grund im Altersunterschied von zehn Jahren. Sie dagegen (voller Ingrimm zählte sie es innerlich ein zweites Mal auf): zog Männern hinterher, verließ Männer. Ein armseliges Privatleben, aus Reibungswärme gespeist, seltsam verloren. Es wunderte sie, daß Johannes Gefallen an ihr fand. Nur im Brennglas irgendeines Begehrens fand sie sich interessant.

Mit fünfzehn hatte sie sich in Detlev verliebt, sie hatten zu *James Last* im Parkhotel am Ossiacher See getanzt – andere Familien fuhren längst nach Spanien –, von den anwesenden Eltern gerührt belächelt. Der erste männliche Körper, den sie anfaßte. Seine Schulter unter ihrer Hand wie die Kuppe eines Pferds. Ein neuer Geruch, unter dem Hemd sein Schweiß, auf dem der Stoff erst glitt, dann klebte. Er atmete in ihr Ohr, und sie hatte endlich einmal das Gefühl, nicht bloß im Zuschauerraum eines Kinos zu sitzen, sondern sich auf der Leinwand zu bewegen. Sie schoben sich eine lange Weile unter den bunten Glühbirnchen hin und her, die harten Schalen des BHs drückten sie – und wahrscheinlich ihn. Spät am Abend, beim Abschied, legte er ihr einen Schilling in die Hand, sagte «Für dich, behalt ihn – und mich lieb», sehr schlicht, dann nahm er seine Brille ab und küßte sie auf die Lippen, nicht länger als einen Lidschlag. Die Knie schlotterten ihr, «ja, ja», stammelte sie und stolperte den Eltern nach, die Faust um das Liebespfand geballt. Noch in derselben Nacht versuchte die Mutter ihr die Finger aufzubiegen, die sie zum Zähneputzen benutzen sollte, Sophia weigerte sich. Die Faust blieb zu, die Spuren der eigenen Nägel tief eingegraben. In gestochener Schrift waren noch zwei Briefe für sie eingetroffen, in denen sie den Satz «ich liebe dich» vermißte und den Geruch seines Absenders. Dafür roch der Brief nach der gummierten Leiste des Umschlags. Sie leckte über die Spucke. Zur Strafe für die widerspenstige Faust bekam sie Treppendienst, sie kehrte und wischte mit einer Hand, in der anderen erneut der Schilling. Liebesfron, dachte sie, ohne zu wissen, was es war, nur sicher, daß sie recht hatte. Als er nicht mehr schrieb, nannte sie ihn *Deadlev* und verzieh ihm nicht, die neue Währung so schnell aufgegeben zu haben. Der Schilling verstaubte.

Die Luft wurde durch die Hitze schwerer. Alle Düfte gesteigert, körperlich. Die Vogelstimmen kreuzten sich; ähnlich den Kondensstreifen am Himmel ergab sich auch aus ihrem Konzert ein Geflecht von Begegnungen und Austausch. Balz und Klage, Selbstbehauptung und Zank entsprangen den winzigen Schaltzentralen in den Schädelchen, ein Sommer für Sommer, das ganze kurze Leben lang fraglos vorgetragenes Programm: das Geschwätz der Schöpfung, Musik in unseren Ohren. Labsal und Trost. Wie bezwingend schön, wenn sich der Pirol auf dem Sendemast niederläßt, die beinah ausgestorbene Nachtigall auf der Hochspannungsleitung. Im Geschmetter hören wir die Zuversichtlichkeit, die uns fehlt. Wir kennen alle Gefahren beim Namen und sind unglücklich darüber – auch wenn sie uns von den namenlosen ablenken.

Ein Hund, der unvermittelt auftauchte, bellend, als müsse er seinem Herrn den Fund vermelden, riß beide aus ihrem halben Schlummer. Johannes setzte sich abrupt auf, der Hund, ein zotteliges langhaariges Tier mit gelben Augen, trollte sich.

Die Stummheit schien Johannes' Fähigkeit, Unausgesprochenes zu hören, enorm verfeinert zu haben, er wandte Sophia den Kopf zu und machte ein fragendes Gesicht.

– Rückblende? Er vollzog eine weit ausholende Bewegung, Hügel, Wiesen, Felder einschließend.

– Der Friede verführt dazu.

«Deine erste Liebe?» fragte Sophia. «Ich habe an meine gedacht.»

– Ute.

Johannes formte mit den Lippen deutlich das «u», dann schrieb er den Namen auf.

– Sie ging mir nur bis hier – er zeigte auf sein Schlüsselbein – und roch nach Zimt. Ihr Haar. Rührend gerader Scheitel, rosa Kopfhaut. Es war wie im Stummfilm, nur ohne Untertitel. Beim Küssen wird man jedenfalls weniger angestarrt. Sie war in meiner Klasse und kratzte unsere Initialen in die Tischplatte.

Sophia fragte sich, ob er schon damals so geküßt hatte wie sie am Abend zuvor, so – unmäßig, so besitzergreifend. So diagnostisch. *Zungenbrecher*, dachte sie und mußte lachen.

Sie machten sich auf den Rückweg, im satten Licht des Nachmittags, auf den Schultern spürte sie einen leichten Sonnenbrand. Prompt berührte Johannes sie an der geröteten Stelle:

– Ich habe etwas dabei.

Er blieb stehen, zog eine Tube aus dem Rucksack («der reinste Krämerladen», spottete Sophia, «bestimmt hast du auch eine Dose Corned beef dabei – für alle Fälle») und verrieb mit großem Zartgefühl einen Salbenstrang auf ihren Schultern, dabei verschob er die Träger ihres Oberteils mit einer Vorsicht, als könnten sie explodieren.

Er berichtete ihr im Weitergehen, daß die Biographie Zamenhofs im nächsten Jahr fertig sein müsse, zum hundertsten Jubiläum des ersten internationalen Esperanto-Kongresses im Jahre 1906. Auf dem schmalen Feldweg, wo man kaum nebeneinander Platz fand, war es schwierig, seinen Gebärden zu folgen.

Sophia, gereizt durch die komplizierte Verständigung, die es unmöglich machte, einfach nur zu plaudern, die immer gewichtig war, gereizt auch durch die Abwesenheit von

Begehren und ihre typisch weibliche Abhängigkeit davon – jedes fremde Begehren zeichnet die eigenen Umrisse scharf, bei Johannes gab es kein Begehren, schien ihr, oder jedenfalls keines, das nach Erfüllung (eigentlich dachte sie beschämt «Vollzug») und damit Gewißheit trachtete –, gereizt also fragte sie ziemlich barsch nach, worin genau Johannes' Interesse für Esperanto bestand.

– Stummheit ist auch universal. Er nahm sie gelassen in Augenschein.

«Glaubst du denn an eine friedliche Verständigung in einer einzigen Sprache?»

– Nein – er blieb stehen –, aber die Gleichgültigkeit kann nur durch Übertreibung korrigiert werden, durch Spinner, wenn du so willst. Das sind Historiker meistens nicht – ein Fehler, den ich zu korrigieren versuche. Auch Wilhelm Molly war ein solcher Spinner. Es gibt sie gottlob auch unter den Ärzten.

Einen Augenblick lang fürchtete Sophia, er würde wieder mit Aufschreiben beginnen, sie sah ihn an, nickte, ja, sie hatte verstanden. *Spinner*. Johannes war zufrieden mit ihrer Übersetzung.

«Jeder spinnt so gut er kann», sagte Sophia und nahm ihn beim Arm wie einen Bruder oder Sohn. Der Weg wurde breiter, überall frisch geschlagenes Holz, um die gelagerten Stämme herum ein weiches Bett aus Sägemehl. Harzige Luft.

Die Wohnblöcke der *Vacances Royales* kamen in Sicht, sie überragten, selbst auf einem Hügel erbaut, die Baumwipfel und die anderen Hügelkuppen. Arm in Arm, sich gegenseitig stützend, gingen sie darauf zu – eine Festung, meinte Sophia, die eher so aussah, als wolle sie alles, wofür Neutral Moresnet einmal gestanden hätte, bestreiten und bestreiken, eine Abschaffung der Utopien, eine Verwahrung dagegen, eine Behausung des Notstands, dem sie ihre Statik verdankte.

Vor dem Haus stand weinend und verrotzt Annika, die sie seit der Ankunft nicht mehr gesehen hatten. Sie hielt einen ihrer Hausschuhe in der Hand und lutschte daran, im Gesicht hatten die Tränen helle Bahnen durch den Schmutz gezogen, bei jedem schluchzenden Atemzug hob sich ihr Brustkasten, um Platz zu schaffen für den Kummer.

Eine Ambulanz stand auf der Auffahrt, davor ein Polizeiwagen, drei Polizisten, ein Mann in Handschellen und: Sofia, die russische, ein Grüppchen junger Männer in Saunaschlappen und Trainingshosen. Die Wohnungstür der Nummer 13 – also Annikas – stand offen, das sah Johannes, als er einige Schritte zurückging. Er zog die Decke aus dem Rucksack, näherte sich Annika, ging in die Knie und hüllte sie darin ein.

(Bei der Wärme, dachte Sophia, hilflos. Was hatte sie nur gegen diese kleine Göre.)

Annika legte ihre Hand auf Johannes' Schulter, die Nägel abgebissen und lackiert, die Schluchzer gingen noch immer ruckweise durch ihren Körper, fanden aber Halt bei ihm. Zwei Sanitäter traten aus der Wohnung, Annikas Mutter zwischen ihnen. Sie stützten sie und versuchten anscheinend, sie zu überreden, sich auf die Bahre zu legen – sie schüttelte den Kopf, der bandagiert war, auch sie in Tränen. Sie schaute nicht zu Annika, die sie ebenfalls nicht wahrzunehmen schien. Vielleicht verdeckte Johannes sie. Die Ambulanz fuhr mit der Mutter davon, der Polizeiwagen, den Mann mit Handschellen im Fond, ebenso. Die jungen Männer schienen die Ereignisse zu diskutieren, aber weder Sophia noch Johannes verstanden, was geschehen war.

«Mal wieder mehr Anlaß zu verzweifeln, als zu hoffen – mal wieder mehr Desperanto als Esperanto», sagte Sophia und bereute es sofort. Es gab keinen Grund zu solchen Spitzen. Irgend etwas trieb sie dazu, ein unbestimmter Grimm – bloß worauf. Auf eine Idee? Darauf, daß jemand Ideen ernst nahm? Sie fügte in versöhnlicherem Ton hinzu:

«Sie ist zusammengeschlagen worden, vielleicht von ihrem Zuhälter, vielleicht von Annikas Vater – vielleicht ist er ja beides.»

– Wahrscheinlich. Johannes hockte noch immer neben dem Kind. Annika hatte aufgehört zu weinen, sie stand, gegen ihn gelehnt, starr, einen Bärenhausschuh in der Hand, links barfuß. Sofia, die Russin, machte keine Anstalten, sich um sie zu kümmern. Sie schüttelte nur den Kopf, tadelnd, griff in die Tasche ihres Kittels und schneuzte sich mit dem großen, geblümten Taschentuch, das sie herausgezogen hatte. Tupfte sich die Augen ab und ging.

«Wir nehmen sie mit», sagte Johannes, packte Annika, in die Decke eingewickelt, wie sie war, und hob sie hoch. Sophia griff nach seinem Rucksack, warf ihn sich über die Schulter und trottete hinter ihnen her. Als wäre sie das zweite Kind.

Die Zuschauer zerstreuten sich. Was auch immer geschehen war, würde anscheinend den üblichen Verlauf des Abends – grillen und trinken – nicht verändern.

«Vielleicht», sagte Sophia und holte die beiden ein, «vielleicht läuft hier ja sogar Prostitution, würde mich nicht wundern.»

Annika sah sie mit leerem Blick an, Johannes schnaufte unter ihrem Gewicht und hatte keine Hand frei zum Antworten. Er nickte bloß.

Sie hatten eingekauft, Pizza auf Annikas Wunsch, die im Supermarkt – im Einkaufswagen thronend – auf alles deutete, was sie wollte. Dazu Wein, Käse: In der Wohnung angekommen, hatten sie den Fernseher und den Backofen eingeschaltet, den Tisch gedeckt. Alle Abläufe und Handbewegungen hatten sofort die Selbstverständlichkeit von Familienritualen – schmucklose Prozeduren, die auf unbekannte, aber unbestreitbare Weise erdeten. Sophia hatte Annika im Badezimmer geholfen, sich auszukleiden, hatte sie unter der Dusche gewaschen, die dünnen Haare shampooniert und auf einmal eine Zärtlichkeit für den dicklichen, kleinen weißen Körper empfunden, der weder den Charme eines Kindes noch den eines Heranwachsenden hatte, sondern von einer Plumpheit, einer anrührenden Plumpheit, war, eben der Art von Plumpheit, die alle Altersstufen unverändert überstehen würde. Aber auch eine fatale Plumpheit, dachte Sophia, ein Hemmnis, ein Mißerfolg. Das Kind, das sie verloren hatte, wäre halb so alt wie Annika. Sie könnte dessen große Schwester sein. Wie immer, wenn sie daran dachte, spürte sie einen scharfen, körperlichen Schmerz, eine Art Kneifen in der Herzgegend, einen jedesmal erneuerten Schreck, dieses Pfand auf die Zukunft nicht haben retten zu können. Die Gewißheit einer großen, umfassenden Liebe zu dem Möglichkeit gebliebenen Sohn (sie war sicher, es wäre ein Sohn geworden), die Gewißheit, daß sie in ihm, seiner Haut, seinen Haaren, seiner Stimme ungestört den Vater hätte weiterlieben können, überfiel sie auch jetzt, vor der Dusche kniend, mit einer Wucht, der sie kaum ohne Gegenreaktion – Tränen – standhielt. Das Vergießen. Wie viele Tränen sie vergossen hatte. Irgendwo mußte dieser salzige Strom ausgewaschene Furchen, tiefe Rinnen hinterlassen haben, nur nicht auf der

Oberfläche der Pumpe Herz, die mit unfaßbarer Sturheit über alle Verwerfungen hinweg einfach funktionierte, ein bildschöner Muskel. Den ihr – Sophias – Wunsch nach Unansehnlichkeit und Aussetzen, also nach Spuren und Widerstand, aber auch nach Ermatten, völlig kaltließ. Herzloses Herz.

Sie cremte Annikas Gesicht ein: « Punkt, Punkt, Komma, Strich – fertig ist das Mondgesicht», und erntete von ihr ein halbes Lächeln aus rotgeweinten Augen. Über die Unterwäsche, die sie getragen hatte, zog sie ihr ein eigenes T-Shirt, das Annika bis zu den Knien reichte. Die kurzen Füße wieder in den Bärenschuhen verwahrt.

Johannes hatte auf dem kleinen Tisch auf dem Balkon Kerzen angezündet, und zum ersten Mal schien Annika von etwas – außer Johannes – bewegt: Sie stand vor dem Tisch, leicht vornübergebeugt, als hätte sie vor Überraschung gebremst, und betrachtete die Flammen. Wie nach den Sprüngen von der Bank klatschte sie in die Hände, lief zu Johannes und ließ sich von ihm auf den Stuhl heben. Sie versuchte, die Flamme anzufassen, Sophia konnte ihre Hand gerade noch zurückziehen. Es war die erste Kerze ihres Lebens. Vor Aufregung hielt sie sich die Ohren zu. Die Augen ließ sie dafür weit aufgerissen.

Johannes schnitt ihre Pizza in Tortenstücke, Sophia schenkte ihr Saft ein. Annika atmete laut. Griff nach einem Stück Pizza, der Belag begann zu rutschen. Je zutraulicher sie wurde, um so schrecklicher wurden ihre Tischmanieren: Sie biß in die Pizza, ließ das Stück – heiß! – aus dem offenen Mund wieder zum Teller fallen, ausgelassen jetzt, bohrte in den Zähnen nach dem geschmolzenen, fädenziehenden Käse, schmierte mit der Tomatensauce Muster auf den Tisch. Wippte und wiegte sich auf dem Stuhl.

– Zum Essen ist diese Pizza auch weniger geeignet, meinte Johannes, versuchte aber dennoch nach einem Blick auf Sophia das Kind zu beruhigen. Er wischte Annika den Mund mit der Serviette ab, sie schnappte nach seiner Hand, übermütig, flirtend, ungeschickt.

Johannes entzog ihr ruckartig die Hand und machte ein schmerzverzerrtes Gesicht – da brach sie sofort in Tränen aus, in ein lautes Plärren, das anschwoll, sie schlug dabei mit den Fäusten auf den wackligen Tisch, die Teller klirrten, Sophia hielt ihr Glas fest.

Sie sprangen beide auf, Sophia stürzte im Stehen ihr Glas Wein hinunter, dann beugten sie sich zu dem Kind, das sich wand wie in Krämpfen, und hielten es gemeinsam fest. Schlagartig, als sei ein inneres Uhrwerk abgelaufen, verstummte Annika und saß ganz still.

«Komm», Sophia half ihr aufzustehen, führte sie durch den Flur zum unteren Stockbett, klopfte auf das Kissen, «hier kannst du schlafen.»

Annika rührte sich nicht, aber als Johannes ihr die Schuhe abstreifte, sie hochhob und hinlegte, wehrte sie sich nicht. Er deckte sie zu und streichelte die Innenfläche ihrer Hand. Sophia erkannte es, auch ohne Melodie und Text: *Geh auf den Markt, kauf dir eine Kuh und ein Kälbchen dazu.*

Annika lächelte, als – da, wo der Refrain eingesetzt hätte – das Kitzeln anging, lächelte noch die nächsten drei, vier Male und schlief ein.

Johannes streckte die Beine, alles tat weh, sie setzten sich zurück an den Tisch, die Tannenwand schwieg.

Keiner von beiden verspürte den Wunsch, die neue Situation zu besprechen. Als wäre es das Gewöhnlichste auf der Welt, daß sich an ihrem zweiten Urlaubstag ein Findelkind eingefunden hatte, das keine Sprache beherrschte und von nirgendwo zu stammen schien. Wie ein Meteorit vom Himmel gestürzt – in ihre Mitte.

Sie öffneten die zweite Flasche Wein, schlichen an Annika vorbei, die schnarchte, und setzten sich, ohne Licht einzuschalten, auf Sophias Bett, dessen Matratze unter ihrem Gewicht nachgiebig einsackte. Sophia hielt auffordernd ihr Glas zu Johannes, der schenkte nach, im Halbdunkel, verschüttete etwas auf Sophias Oberschenkel, sie kicherte leise. Johannes trank aus der Flasche.

«Bist du unglücklich?» fragte Sophia. «Du hast dir wahrscheinlich mehr von dieser Reise versprochen.»

Johannes schüttelte den Kopf, ohne zu erklären, was er verneinte.

«Wir wollen uns betrinken», sagte Sophia im Ton einer Feststellung, sachlich: der Stand der Dinge.

Durch die dünnen Stores fiel der kalte Strahl der Neonlampe des Treppenaufgangs, stört dich das Licht, hatte sie gefragt, im Gegenteil, ich brauche es doch zum Reden!, hatte er bedeutet, dann begann sie, ihm das Hemd aufzuknöpfen, die Haut wie erwartet hell unter dem Flaum, sommersprossig, ihre Hand kalt gegen seine Wärme. Sie hörte ihn laut schnaufen, das erste Mal überhaupt, daß sie etwas von ihm hörte.

Er regte sich nicht, trank in langsamen, nachdenklichen Schlucken, ließ sich ihre Liebkosungen in aller, stummer Ruhe gefallen. Küsse, anders als der am Morgen. Johannes berührte sie kaum; sie saßen aneinandergelehnt auf dem Bett, Sophias Kopf auf seiner Brust. Wenn sie ihr Glas hob, schenkte er nach. Sie tranken.

Einmal hatte sie mit ihrem Mann in seinem Kölner Bett gelegen, verausgabt und so glücklich, wie man nach Verausgabungen ist, als in der Wohnung nebenan Klavierspiel einsetzte. Quälend. *Für Elise*, *Flohwalzer*, *Bagatellen*. Wir klopfen! Wir telefonieren! Wir rufen die Polizei! Wir bringen ihn um! Alle geschmiedeten Pläne blieben Theorie – stattdessen zogen sie die Schlafanzüge wieder aus, umarmten sich, noch warm die Spuren der letzten Erregung, und vergaßen bei der eigenen Musik die fremde. Heiterkeit und verdienter Schlaf gegen Morgen.

Irgendwann – die Flasche war leer, der falsche Mond schien noch immer unermüdlich – sagte Sophia: «Ich kenne mich nicht aus bei dir», bettete sich neben Johannes, fragte: «Kann man so etwas verlernen?» und erhielt auch darauf keine Antwort. Das Gefühl von Unschärfe, stärker noch, das Gefühl einer Welt von unbestimmten, weichen Umrissen, die sich, wie bei einer Amöbe, ständig veränderten, war beklemmend. Und überwältigend die schadenfrohe Gewißheit, daß die Leitung zur Zentrale gekappt war (seit Ewigkeiten schon), überwältigend die drängende Geständnis-Lust, der Schwindel und ein idiotischer Tatendrang. Aber noch mehr überwältigte sie die Abwesenheit von Scham. Sie hatte sich immer vor dem Betrunkensein gefürchtet, gleichzeitig das Stadium, das ihr unmittelbar vorausgeht, oft herbeigeführt – eine sanfte Enthemmung, leicht zu bremsen, leicht zu beschleunigen.

Dies hier war anders, milder und wilder zugleich – als würde eine feste Hand Johannes und sie in Schwingung versetzen, in ein abenteuerliches Schaukeln, das bis zu den Wolken reichte, deren Saum sie mal mit den Füßen, mal mit dem Kopf streifen konnte. Wolken-Tutu, ätherisch und gut gelaunt. Und dann wurde aus den galanten Rokokobildern etwas Gefährliches: Ringkampf in beginnendem Grau, Kauderwelsch der Winde, Unwetter, kein Idiom, das sie beherrschten, keine Gegend, die sie kannten, kein Fahrtenschreiber. Spedition im Auftrag von Unbekannt, Ziel: unbekannt. Kampfspuren, dahinter das Ende des Tages. Zum Kotzen.

Wie es brodelte hinter ihrer Stirn, sie faßte nach der von Johannes, die war feucht. Nachtschweiß, dachte sie, *Nachtschweiß*, gab es nicht einen Gedichtband, der so hieß? Gedichte, in denen beschrieben wurde, wie Gefühle an die Oberflächen transpirierten und dort folgenlos verdunsteten, nachdem sie den Schlaf verpestet hatten. Sie kramte vergeblich in ihrem Gedächtnis nach dem Namen des Dichters, kicherte, *Nachtschweiß*, so würde sie ein Eau de Cologne für den Herrn nennen, wenn sie ihre dämliche Beschäftigung, menschliche Ausdünstungen schönzureden, aufgeben würde, weil sie der Mann ihres Lebens endlich in die Schweiz entführte, in der Franken und Freiheit herrschten und nichts kuriert wurde, das umsonst war. Sie würden gemeinsam die Berggipfel bestaunen, die so weit wie möglich von ihrem unterirdischen Arbeitsgebiet entfernt lagen, in dem sie ständig auf eigene Spuren stieß, genauer gesagt: auf eigene Verwerfungen, während sie die Fundstücke besserer Vergangenheiten katalogisierte. Ihre würden unter die Rubrik: Sonstiges, Fragliches fallen, das winzige Schädelchen des vergebenen Kindes unter *unbek. Objekt*.

Morgen würde sie Johannes fragen, wie er die Trinkfestigkeit der Neutral-Moresneter – die zollfrei gesoffen hatten, das wußte sie aus dem kleinen roten Buch – mit seiner Vorstellung von Utopia übereinbrachte, vielleicht war der Rausch ja nicht die schlechteste Verfassung selbstbestimmter Bürger.

Sobald sie den Kopf auch nur wenige Zentimeter anhob, verhärtete sich ihr Magen zur Faust und stieg auf, als gäbe es eine innere Hydraulik, Ekel, Drehschwindel. Sie legte den Kopf vorsichtig wie eine Reliquie auf dem knotigen Kissen ab, rutschte, zuerst mit dem Hintern, dann mit dem Oberkörper näher zu Johannes, der auf der Bettkante lag. Er röchelte leise, der Mund offen. Sie trocknete mit ihrem Handrücken seine Stirn und lag dann still. Die Sonne würde bald aufgehen, der nächste Tag anbrechen, mehr mußte man für den Augenblick nicht wissen. Im Schlaf hatte Johannes eine halbe Erektion, sie legte ihre Hand auf den dünnen Stoff der Shorts, eine Geste, irgendwo zwischen fürsorglich und besitzergreifend. Als wäre sie tatsächlich die Frau an seiner Seite.

Wie bei einer echten Familie wurde beim Frühstück der Ausflug besprochen, der dem Tag seine Besonderheit geben würde – später, in den Fotoalben, in den Erzählungen, den Anekdoten, die verschüttete Getränke, Wespenstiche und andere Pannen für die Ewigkeit bewahrten. (Johannes mußte lachen: Annika und er, ausgerechnet. Beim Frühstück auf dem heißen Balkon hatte sie sich mit über die Karte und den Ostbelgien-Führer gebeugt, die Haare mit der ernsthaften Geste einer Korrektur aus der Stirn gestrichen und bei jedem Foto einen kleinen Laut ausgestoßen – fast wie bei einem Schreck.)

Sophia trank Wasser, schüttete es hinunter, ohne daß der Durst verschwand. Noch immer mit dem Gefühl, ihren Kopf nicht zu tragen, sondern nur zu bewahren, schlecht befestigt, obendrein.

«Katzenjammer, Kater?» fragte sie Johannes.

Er nickte, und sie sah, daß im Sonnenlicht seine Iris gesprenkelt war. Graugrün. Eine neue Farbe. Sie hatte sich nur in braunen Augen zurechtgefunden – zu Recht gefunden. Es gab die Möglichkeit eines Anfangs. Gut. Man mußte nur energisch genug sein. Sie galt als energisch. Sie würde sich vornehmen, es selbst zu glauben. Demnächst.

Johannes schlug vor, zum Hochmoor des Hohen Venn zu fahren, zum *Signal de Botrange*, dem, mit siebenhundert Metern, höchsten Punkt Belgiens. Auf Holzstegen und Lehrpfaden könne man durch das Hochmoor spazieren – vielleicht bis zu der Ortschaft Xhoffraix, wo, unter einer Linde, ähnlich derjenigen, unter der sie gestern gelegen hätten, ein Eisenkreuz an das tragische Schicksal eines Liebespaares erinnerte, das auf dem Weg zum Standesamt dort in einen Schneesturm geraten und erfroren war. Eine letzte, eisige Umarmung.

Sophia schüttelte energisch den Kopf und lehnte das Ausflugsziel als zu morbide ab.

Inzwischen hatte Annika weitergeblättert und war auf ein Foto des Dreiländerpunkts gestoßen. Um die drei Grenzsteine herum war ein Vergnügungspark angelegt worden, von manikürten Hecken umrahmt und mit Betonblumenkübeln verunstaltet. Cafés, Restaurants, Imbisse – ein paar Klettergeräte, Minigolf: Annika war entzückt. Dorthin, sofort.

«Wir müssen dir erst einmal Schuhe besorgen», sagte Sophia und zeigte auf Annikas Füße, «und die andere Sofia fragen, ob du mitdarfst.»

Annika schaukelte heftig mit den Beinen, als könnte sie so die Bärenhausschuhe in andere verwandeln, machte ein weinerliches Gesicht, schaute zu Johannes, der ermutigend lächelte, und sagte etwas, das klang wie «oui, d'accord» oder «okay», sehr vorsichtig, als würde sie ihrer Stimme nicht trauen oder, schlimmer noch, ihr alles zutrauen.

«Sie hat gesprochen!»

Sophia küßte das runde, sonnenheiße Gesicht, Annika wischte mit dem Handrücken die Liebkosung wieder ab.

Die Tür zu der Nachbarwohnung war verriegelt, Johannes kehrte unverrichteter Dinge wieder. – Anscheinend kümmert es niemanden, wie es ihr geht, wo sie ist – unglaublich.

Er hockte sich vor sie, und sofort richtete sie ihren Blick – saugend, hungrig – auf ihn, das ganze Gesicht in bewegter Anspannung, ein Lächeln, als Leuchten, schon im Anzug.

Wie eine kleine Braut, dachte Sophia staunend, und: Mir

ist es ja ähnlich gegangen. Das altmodische Wort «freien» fiel ihr ein, das war es, was Johannes schaffte. Er warb nicht (flirtete schon gar nicht), er freite um die Frauen, er machte sie sich zu Freunden.

Sie schrieb ihm das Wort auf, als er sie lange genug fragend angeschaut hatte.

«Wahrscheinlich hat Luther uns das eingebrockt oder geschenkt, je nachdem», schrieb er zurück.

Keine Nachfrage, warum ihr das Wort eingefallen war, was es mit ihm oder ihnen zu tun hätte. Zum Verzweifeln.

«Besser als dein synthetisches Esperanto», schnaubte Sophia, «bei Luther hat die Sprache wenigstens ein bißchen Dreck am Stecken, Eingeschlepptes, Einverleibtes.»

Sie schob den Block zur Tischmitte – dieses Gespräch sollte nicht fortgesetzt werden.

Johannes lächelte sie an, mit dem Ausdruck grenzenloser Geduld, Zen-Meister – Sophia verspürte eine unwiderstehliche Lust, ihn zu provozieren:

«Großartig unsere Nummer gestern nacht. Für eine Hängematte. Wahrscheinlich haben auch Herr Molly und Frau Zamenhof in voller Montur gevögelt.»

– Wie gut du riechst.

«Kannst du dich nicht einmal aufregen?» Sophia war den Tränen nahe.

Annika schaute von einem zum anderen wie bei einem Tennismatch, noch immer mit glücklichem Gesicht. Milchrand an der Oberlippe.

– Ich bin sehr aufgeregt.

Johannes nahm ihr Gesicht zwischen seine Hände und strich eine störrische Haarsträhne hinter ihr Ohr. Laß mich alles richtig machen! hörte er sich ausrufen, nach Art eines

Stoßgebets, aber ins Ungefähre (er hatte keine Ahnung, an wen er es hätte richten können), nicht schon wieder der gute Freund, auf dessen Schultern man alles abladen kann, besonders den Kummer, den andere Männer bereiten. Sophias Blick war auf ihn gerichtet, Zorn und Unmut halb verweht – aber eben nur halb. Er ließ sie los.

– Sehr aufgeregt.

Er wiederholte die Gebärde.

Schob anschließend beide Hände in die Hosentasche und stand vor ihr, schmalhüftig, wie ein Schüler, der beim Abfragen noch einmal Glück gehabt hatte.

Durch das offene Fenster hörte man laute Stimmen, Männerstimmen, wutgeladen. Alle drei stürzten auf den Balkon, Annika hüpfte vor Vorfreude auf ein Ereignis: Unmittelbar unter ihrem Balkon, mitten auf dem versengten Rasen, stritten sich zwei der Jungen, denen sie im Treppenaufgang begegnet waren, um einen Bierkasten. Jeder zerrte daran, die Flaschen klirrten; als es dem stärkeren gelang, ihn an sich zu reißen, stürzte der andere – vom plötzlichen Wegbleiben des Widerstands überrascht – zu Boden. Im Liegen trat er nach seinem Gegner, traf ihn nicht, der schwenkte den Bierkasten, lachte, trollte sich. Die Flüche hingen noch eine Weile in der trägen, windstillen Luft. Auf den anderen Balkonen hatten sich ebenfalls Zuschauer eingefunden, es gab Applaus. Der Junge am Boden blieb einfach liegen, die Fäuste über den Augen. Die Kopfhaut unter den rasierten Haarstoppeln rot, heiß, gekränkt. Ein Geschöpf nach Gottes Bild – schoß es Sophia durch den Kopf, ein organisches Krümelchen im All, ein armes Würstchen in einem reichen Land, irgendeiner Mutter Sohn, die ihn, vielleicht, einmal voll der Hoffnung an ihrer Brust genährt hatte, daß ihm ein winziger Anteil an Zukunft wie eine Krone überreicht werden würde. Vom Weltenlenker. Die von inbrünstigen Küssen abgewetzten Stellen an den Heiligtümern, die entzündeten Kerzen, die unablässig gemurmelten Gebete – heillos umsonst.

Sophia legte Annika, die noch immer gebannt stand, ihre Hand auf den Scheitel und führte sie zurück ins Innere der Wohnung, die längst so aufgeheizt war wie die Luft draußen.

Sie räumten gemeinsam die Küche auf, Annika überall im Weg mit ihrer Dringlichkeit, zu helfen. Wenn sie etwas von Sophia wissen wollte, deutete sie in die Richtung oder auf den Gegenstand und intonierte eine fragende Melodie: «Hmmmmmmh?» Sophia antwortete auf deutsch und mit dem ganzen Körper, wie sie belustigt feststellte.

Sie schickte Johannes mit Annika ins Bad, zum Zähneputzen, und ging allein ins Schlafzimmer. Die Laken auf dem Bett waren rauflustig zusammengeknäult, dabei hatte sie die Nacht als einen Ausbund an Stille in Erinnerung. Sie bückte sich und schlug das obere Bettuch zurück: Vielleicht war ihr noch mehr entgangen.

Nachdem ihr Mann seine Besuche eingestellt hatte – mit der Trivialität und Promptheit eines zum Stichtag gekündigten Abonnements –, hatte sie monatelang das Bettzeug nicht gewechselt, auf den Flecken – den Zeichen also – gelegen, als könne sie ihnen durch Wärme und Hartnäckigkeit wieder Leben einflößen. Als sie die Bettwäsche endlich wusch, verbannte sie sie im hintersten Winkel des Schrankes, ähnlich einem in Ungnade gefallenen Buch. Die Folter der Erinnerungen, die Nacht für Nacht wie Schrapnelle in ihren Körper einschlugen, der wehrlos, mit durchlässigen Schleusen in einem Schlaf lag, der sie nie ganz aus der Verantwortung entließ. Trauer ist abstoßend, verwirrend – löst, bei den anderen, Abwendung aus, panisch manchmal, als wäre sie ansteckend. Sie ist die gräßlichste Form der Erfolglosigkeit, gewissermaßen die Stornierung von Attraktivität. Und der Vertrag mit der Gesellschaft sieht dafür keine Entschädigung vor. Sophias selbstgewählte Quarantäne zum Ausbrüten des Kummers in all seinen häßlichen Erscheinungsformen bestand in der Tüchtigkeit. Sie hielt die *deadlines* – ein selten passendes Wort – für die Abgabe der zugesagten Artikel in ihrem Forschungsgebiet «postindustrielle Archäologie» peinlich genau ein, steigerte die Zahl ihrer Duft-Aufträge um das Doppelte (mit grimmiger Entschlossenheit zur Romantik: *Coup de foudre*, *Amour fou*), renovierte ihre Wohnung, fuhr wöchentlich zu einer 400 Kilometer entfernt in einem Pflegeheim lebenden Tante, saß in der urin- und bratengeschwängerten Luft, die Schreie der Dementen wie Wände um sich herum, und hielt die knochige, zarte Hand der Tante, die so mit Atmen beschäftigt war, daß sie nicht sprechen konnte. Nur warum sie nicht gezweifelt hatte, fragte sie sich nie.

Die Pfleger und Krankenschwestern sprachen laut mit den Alten, in den Stimmen staute sich die Wut, die die Worte nicht herausließen. Die Hilflosigkeit bei den geringsten Anforderungen – den Löffel in die Suppe tauchen und waagerecht zum Mund führen – war so schwer auszuhalten, weil sie keine Zukunft enthielt: Es wird gelernt werden. Es wurde nur noch verlernt. Sie würde Johannes einige ketzerische Fragen stellen bezüglich seiner Liebesgeschichte zwischen dem alten Molly und der blutjungen Sophia Zamenhof.

Sophia schlug das Laken über das Bett, zog es glatt, hob die Kissen auf und warf sie mit einer Geste zurück, als könne sie sich damit aller Sorgen entledigen.

Im Wohnzimmer saß Johannes vor dem Laptop, Annika auf dem Schoß. Er schrieb, und Annikas Blick folgte den Zeilen mit der gespannten Aufmerksamkeit, die man einem Zauberer schenkt, um ja nicht den Moment zu verpassen, in dem die Wende, das Magische geschieht – den Moment, in dem das Logische ins Wunderbare umschlägt.

Annika war schwer. Es war eine angenehme Schwere, eine schöne Last. Er ahnte, wieviel Kraft ein solch anvertrautes Gewicht geben konnte – Schwerkraft. Für ihn würde ein Kind bedeuten, einen Ort zu haben, der zweifelsfrei der seine wäre. Ein Kind würde das Heikle aus seinem Leben tilgen – wenn nicht tilgen, dann wenigstens einschränken auf ein erträgliches Maß. Ein Kind, das ihn kennen durfte. Noch während er es dachte, die Nase so nah an Annikas Haar, daß er Sophias Pfirsichshampoo riechen konnte, wußte er, daß es nicht stimmte. Das Heikle steckte im Gewebe, in den Maschen, in den Fasern seines Lebens, er war so gestrickt. Gestrickt. Nicht schlecht, der Ausdruck. Sieben Konsonanten bedrängten zwei Vokale.

Annika rutschte unruhig auf seinen Beinen, bohrte in der Nase; sie spürte seine Abwesenheit. Johannes schloß die Datei und erlaubte ihr, zu schreiben, sie kreiste lange mit dem Zeigefinger über den Buchstabenreihen, bevor sie sich für einen entschied. Wenn er auf dem Bildschirm erschien, war sie beglückt, schaukelte wild auf seinem Schoß. Noch ein Kunststück!

Der Abschiedsbrief der Mutter war getippt, sie schrieb nie mit der Hand, nicht einmal Rezepte oder die kleinen Anweisungen, die sie dem Sohn gelegentlich in der Küche hinterließ. Bitte einen Liter Milch kaufen. Denk an die Briketts. *Mami.* So hatte er sie genannt, und schriftlich übernahm sie die Anrede, die ihr nie über die Lippen kam – als widere sie die Zärtlichkeit darin an. Die Schreibmaschine stand auf einer Lederunterlage, deren strenger Geruch den ganzen Raum ausfüllte. Beim Arbeiten hörte sie Bachkantaten, Messen, Choräle, Requien. *Ich freue mich auf meinen Tod! Ach, hätt' er sich schon eingefunden*, sang eine Tenorstimme, darüber das harte Klappern der Tasten. *Welt, ich bleibe nicht mehr hier, hab' ich doch kein Teil an dir, das der Seele könnte taugen*. Die kleinen Hämmerchen schlugen auf das Papier, als müßten sie es strafen. Und das Kind Johannes kauerte vor der verschlossenen Tür und fürchtete sich.

Der Brief hatte auf dem Nachttisch gelegen, sorgfältig in der Mitte geknickt. Sein Name und der des Vaters standen darauf. Durch die Ritzen der Rolläden drang schwaches Licht, er war aufgewacht mit der Gewißheit, verschlafen zu haben: Sie hatte ihn nicht geweckt. Der Vater noch im Nachtdienst, er würde nach der Übergabe kommen, sie trafen sich, müde und dem angebrochenen Tag schon böse, meist im Treppenhaus. Aber sein Geruch war da, im Flur und im Bad, wo sein Bademantel hing. Ein Geruch nach Geräuchertem, als säße der Vater regelmäßig am Lagerfeuer; er roch nicht nach ihnen, nach der Wohnung – nach Häuslichkeit. Er roch nach Ferne, er roch, vermutete Johannes, nach den Orten, an die er sich wünschte. Durch den Spalt der Tür – weiter öffnete er sie nicht – sah er die Mutter angekleidet auf dem Bett liegen, nach rechts gedreht, mit dem Gesicht zum Fenster. Er trat ein, spürte seine schreckgeweiteten Augen, spürte überhaupt ganz merkwürdige Dinge, wie die knöchernen Augenhöhlen, die Speicheldrüsen, die jäh trocken lagen, die Zungenbänder, die ebenso plötzlich schmerzhaft verkürzt waren, sah den Brief, seinen Namen, begriff. Und begriff nicht. Wie auch. Es war ein Dienstag, einer von zweiundfünfzig. Es herrschte Wetter. Und die mitteleuropäische Zeit. Soviel dazu. Wozu? Eine neue Maßregelung. Erwiderte die Stummheit mit Stummheit. Er las nicht und berührte nichts. Ließ sich von der Welt abschneiden – ein erstes Mal. Sie roch so schlecht.

Der erwachsene Johannes verstand, daß ein Teil – ein nicht geringer Teil – seines Interesses für den Esperanto-Begründer Zamenhof in drei Frauen begründet lag: Rosa, Clara und Sophia Zamenhof. Mutter, Frau und Tochter. Frauen, die niemanden im Stich ließen. Sie hatten ihn, seine Sache, unermüdlich unterstützt, bedingungslos geliebt, kämpferisch beschützt. Hieß es. Las er. Wünschte er. Wollte er. Unausgesprochene Wünsche waren seltsam kraftlos, ohne Zauber. Unaussprechbare erst recht. Seine waren grundsätzlich unaussprechlich. Schriftgut. Er selbst die Behörde, die es entließ. Respekt, Respekt. Aber niemand liebte Behörden. Vielleicht interessierten Sophia die Frauen.

«Darf ich?» Sophia legte ihm die Hände auf die Schultern.

Johannes schaute zu ihr auf.

– Lesen? Noch gibt es fast nichts. Und das, was es gibt, ist kaum besser als dies – er zeigte auf Annikas kryptische Buchstabenfolge. Ich weiß selbst noch nicht, was mich eigentlich interessiert.

«Ich dachte, es wäre eine Auftragsarbeit?»

– Ja, die Basis-Biographie. Johannes fuhr mit der Hand nach unten, und Annika ergriff sie sofort, rutschte von seinem Schoß, rieb sich den Hintern, zog an seinem Arm.

– Das ist mehr ein Recycling bekannter Fakten. Ich wüßte gern mehr – oder anderes.

Sophia drückte fester, spürte überrascht, wie muskulös Johannes' Schulterpartie war (er sah so schmal aus), *du wirst das schon schaffen*, sollte es heißen – einerseits. Und andererseits: *Laß uns das jetzt nicht zu sehr vertiefen, sonst brechen wir nie mehr auf.*

Johannes verstand, schob den Stuhl zurück, stand auf. Annika heftete ihren Blick auf ihn, als befürchtete sie einen Fluchtversuch – für den sie gerüstet sein mußte.

Er nahm sie auf den Arm, bestrumpft wie sie war, und trug sie wie eine Monstranz die Treppengalerie hinab. Sophia las die Hausschuhe auf, ihre Handtasche und seinen Rucksack und eilte ihnen hinterher. Ein neuer Tag – wer wollte ausschließen, daß er Neues brachte.

Sie fuhren mit dem Auto zur Rezeption, weil Annika keine Schuhe trug. Der Vermieter hielt sich für nicht zuständig: Er hätte nur die Personalien der Mutter, von einem Vater wisse er nichts, Diskretion gehöre zum kleinen Einmaleins der Professionalität. Wer, wem, wo, was reinsteckt und dabei ein Kind zeugt, habe ihn nicht zu interessieren. Er schob das zurückgekämmte Haar noch weiter aus der Stirn. Sophia wandte sich ab, blies vor Empörung die Backen auf. Und ob die russische Sofia verwandt sei mit dem Kind wisse er auch nicht. (Das sagte er, während er bereits eine Nummer wählte.) Seinetwegen könnten sie Annika ruhig mitnehmen, abends sehe man weiter. Salut. Au revoir. Auf Wiedersehen. *Vacances Royales, bonjour*. Das neue Gespräch hatte begonnen. Wie er den Namen der Ferienanlage aussprach – wie ein Schloßherr! In der Luft sein brünstiges Zuhälter-Eau de Cologne. *Schleim* wäre der richtige Name dafür.

In Kelmis setzte sich Johannes in die Eisdiele mit der weiß-blauen Balustrade, Sophia machte sich mit Annika auf die Suche nach einem Schuhgeschäft. Die Verkäuferin wunderte sich über das sprachlose Kind auf Strümpfen und die Mutter, die dessen Schuhgröße nicht kannte. Annika trat nach der Hand der unaufhörlich redenden Verkäuferin, als sie, um die Größe zu prüfen, mit dem Daumen fest auf die Schuhspitze drückte. Die Verkäuferin sprang auf (das Letzte!), und Sophia ging in die Knie: Annika! Sie kauften die Turnschuhe im nächsten Geschäft; diesmal wußten beide Bescheid, wie das ging. Größe 32, sagte Sophia, und Annika machte ihre Beine lang. «Magst du Gummibärchen?» hatte diese Verkäuferin gefragt, und Annika hatte die Zunge herausgestreckt. Darauf wurde das Bärchen gebettet wie eine Hostie. Sophia lachte die Verkäuferin erleichtert an, zahlte, lehnte die Schachtel ab. Ein Gefühl der Genugtuung wie nach einer bestandenen Prüfung. Die Schuhe, die Annika sich ausgesucht hatte, waren weiß und rosa und blinkten bei jedem Schritt – hinten, am Absatz –, sie lief in ihnen wie auf Wolken, zum Engel befördert. Ein Auslaufmodell zum halben Preis. Das hatte die Verkäuferin beinahe warnend gesagt. Und Sophias Antwort («Wir fürchten uns nicht vor Auslaufmodellen! Im Gegenteil: Wir haben viel dafür übrig!») ziemlich merkwürdig gefunden.

Im Fond des Autos – Sophia beobachtete sie im Rückspiegel – betrachtete Annika ihre Beine mit den neuen Schuhen so eingehend, als erwartete sie weitere Veränderungen. Schließlich zog sie die Schuhe aus, fuhr mit den Händen wie in Kasperlepuppen hinein und ließ die beiden miteinander sprechen: ein Singsang, Sophia erkannte keine einzelnen Worte, es war mehr ein Liebesgeflüster, dann fast ein Heulen. Die Schuhspitzen neigten sich einander zu, dann gab es Streit. Als Annika Sophias Blick im Spiegel wahrnahm, hielt sie die Schuhe vor ihr Gesicht.

Sie fuhren nach Westen, Johannes wollte Montzen und Sippenaeken besichtigen, dort sei – meinte er – der Blaustein so blau. Nur ein kleiner Umweg – Umwege seien das Schönste, weil alles, was sich auf ihnen ereignete, überflüssig sei, zum reinen Geschenk würde –, so gesehen sei Zeitverschwendung ein Zeitgewinn.

«Du hast», sagte Sophia, «für alles eine beinah weltanschauliche Begründung. Wie hältst du es aus mit jemand Schlichtem wie mir?»

– Ich erhole mich. Johannes grinste.

Sophia blätterte in dem Reiseführer, lachte auf: *Weiter westlich vom Dorf über den kleinen Hügel hinaus liegen Schloß (klassiert) und Weiler Beusdael.*

«Was ist wohl ein ‹klassiertes› Schloß?»

– Könnte auf einer Speisekarte stehen, Johannes wandte sich ihr so zu, daß sie aus dem Augenwinkel seinen Gebärden folgen konnte,

– die Übersetzungen von Gerichten sind ebenso phantastisch. Maultaschen zum Beispiel werden auf englisch oder französisch zum Gepäckstück. Mit Spinat gefüllte Koffer.

Annika begann zu kichern, fuchtelte in Nachahmung von Johannes' Gebärden, die Schuhe noch immer über die Hände gestülpt.

Sophia verstand nicht, was er meinte, erst als er Maultaschen und Spinat aufschrieb. Zum Lesen mußte sie sogar anhalten. Sie wiederholte es für Annika: Mit Spinat gefüllte Koffer.

Das war natürlich ganz unsinnig, Annika verstand weder die Gesten noch die Worte. Sie lachte dennoch. Auch Sophia begann zu lachen, diese Gespräche waren – aberwitzig, bizarr, absurd – abgründig. Als träfen Bewohner unterschiedlicher Planeten aufeinander. Mit enormem guten Willen. Und hölzerner Unbeholfenheit. Die Umständlichkeit des Witzigen. Zum Schreien. Sie verschluckte sich, lachte, hustete, keuchte, das Lachen ließ sich nicht mehr abstellen, wollte sich, wie ein Amoklauf, zu Ende bringen, zu welchem Ende auch immer. Jedes Einatmen löste sofort den Lachreiz wieder aus, die Tränen liefen ihr in den Kragen, Seitenstiche machten jede Bewegung schmerzhaft.

Annika kreischte und trommelte vor Begeisterung, ließ sich mit Wucht auf den Sitz zurückfallen und begann zu singen, hoch, falsch, laut. Während das Auto eher gemächlich durch die gelassene, morgendlich verschlafene Landschaft fuhr (Sophia fehlte die Kraft zur Beschleunigung), war in seinem Innern die Hölle los: ein Überschnappen zu dritt, auch Johannes lachte jetzt, sich die Schenkel schlagend, das war quälend, von Stöhnen kaum zu unterscheiden. Japsen, Lachen und Tränen, der Wagen wurde in ein sanftes Schaukeln versetzt, das von außen nicht wahrzunehmen war, bei den Insassen aber Übelkeit auslöste. Sie mußten schließlich anhalten, bei weit geöffneten Fenstern atmeten sie tief durch. Ein paar Kühe näherten sich neugierig und betrachteten die drei Erschöpften mit sanftem Blick.

«Sie verzeihen uns», sagte Sophia und trocknete sich das Gesicht. «Und jetzt sag mir, wie du dir das vorstellst mit der Liebesgeschichte zwischen Molly und deiner Sophia. Sprechen sie eigentlich Esperanto miteinander? Auch im Bett?»

Johannes ging auf den spöttischen Ton nicht ein, er schaute zu den Kühen, deutete auf sie:

– Wiederkäuer wie wir. Er imitierte die mahlende Bewegung des Kiefers.

– Ich habe ein paar Fakten, die kann ich – er machte dieselbe Gebärde wie wenig vorher, eine kurze schnelle Drehung mit dem ausgestreckten Zeigefinger – recyceln, immer wieder. Eben: wiederkäuen. Mich interessiert das Faktische aber nicht so besonders, mich interessiert, wie man aus dem Faktischen das ungeschehen gebliebene Mögliche ziehen kann. Mich interessiert, was wir daraus machen.

«Wir beide», fragte Sophia, «oder die Menschheit? Was möchtest du denn, daß mit uns, durch uns geschieht?»

Johannes drehte ihr sein Gesicht zu, feierlich der Ausdruck.

– Eine Korrektur.

Sophias Profil war streng, aber nicht abweisend. Sie streckte ihren Arm aus, und er nahm die Hand, drückte sie fest und legte sie sorgfältig, als wäre sie zerbrechlich, auf ihren Oberschenkel zurück.

«Und das hast du dir alles vorher überlegt, ich meine, bevor du mich eingeladen hast mitzukommen?»

Johannes schüttelte so heftig den Kopf, daß es fast entsetzt aussah.

– Ich fange es erst durch dich an zu begreifen.

Sophia startete den Motor, sie fuhren weiter, das gurgelnde Dieselgeräusch tat gut. Es hatte die Stichhaltigkeit des Zuverlässigen.

Annika hatte sich beruhigt und auf der Rückbank ausgestreckt, schläfrig.

Johannes erläuterte sein Projekt, nun wieder ausschweifend, als müsse er auf vertraute Umwege zurückkehren, um sich zu orientieren. Es war nicht leicht, ihm zu folgen, während sie fuhr, und sie verspürte wenig Lust auf eigene Stellungnahmen; so versuchte sie, ihn im Auge zu behalten und ihn nicht durch offensichtliches Desinteresse zu verletzen. Sie hoffte, daß er zum Persönlichen zurückkehren würde, machte ein freundliches Gesicht und nahm hin, daß ihr ein Teil seiner Erklärungen entging. Die Straße vor ihr schlängelte sich in sanften Kurven durch verwitterte

Ortschaften, die der Sonnenschein, dort wo er traf, verjüngte.

Nein, er wolle keinen Liebesroman schreiben, er wolle sich nur an Ort und Stelle vorstellen dürfen, was gewesen wäre, wenn es zu der Gründung eines Esperanto-Staates gekommen wäre, das Liebespaar als Ärzte- und Lehrerpaar in Frieden miteinander – gewaltfreie Gesellschaft – so winzig sie auch sein möge – neue Sprache – mittels dieser Liebe – eine ähnliche Wärme und Beweglichkeit einflößen – wie sie den Gefühlen selbst innewohnen. Wärme und Beweglichkeit.

Hier nickte Sophia.

Und – es diene ihm zur Gewinnung einer Sprache. Er habe eine verloren, vielleicht würde er eine gewinnen? Und sie mit ihr, Sophia, teilen?

Und dann wiederholte er, was er bereits im Museum angedeutet hatte: Es hinge ganz von ihnen ab.

«Wie hast du sie denn verloren?»

Ohne nachzudenken hatte Sophia auf den einzigen Satz reagiert, der sie in seinen Ausführungen überraschte. Und den sie auf Anhieb verstand. (Im Unterschied zu dem noch immer geheimnisvollen Zusatz.) Der Schreck, gefragt zu haben, kam prompt. Sie hielt still, die Augen auf die Straße gerichtet.

Johannes berührte sie leicht an der Schulter, sie schaute zu ihm.

– Ein Schock.

Er schlug die flache Hand auf die linke Brustseite.

«Ach so», sagte Sophia hilflos.

«Du mußt es mir nicht erzählen.» Eigentlich wollte sie ihn genau dazu einladen, hörte nun aber selbst, wie abwehrend sie klang. Um irgend etwas zu tun, schaltete sie in den vierten Gang zurück; der Motor heulte auf, und Johannes zuckte zusammen.

– Meine Mutter hat sich umgebracht, da war ich sieben. Erstes Schuljahr. Kaum gelernt zu schreiben – schon verlernt zu sprechen.

«Es tut mir so leid», wollte Sophia sagen, «so furchtbar leid.» Aber ihre Stimme blieb unhörbar.

Sie sah den Siebenjährigen mit dem Haarwirbel wie aus einem Kinderbuch, die Haut unter den Sommersprossen so durchsichtig, daß nichts im Verborgenen stattfinden konnte. Sah den Schreck, wie er das Blut verdrängt. Knochige Knie unter halblangen Hosen, am Handgelenk eine viel zu große Sportuhr mit Zeitmesser. Zum Schulanfang vom Patenonkel. Bügelfalten in den Hemdsärmeln. Angehaltener Atem. Fahnenflucht der Sprache. Nichts wie weg – das Kind läßt den Körper da.

Sie wagte nicht, Johannes anzuschauen – als fürchtete sie, in ihm zu viel von dem Kind zu sehen, das ihr erschienen war. Er saß sehr still, den Blick auf die Straße gerichtet, die Hände, kraftlos geöffnet, auf den Beinen abgelegt, den Kopf in die Nackenstütze gelehnt. Ihr fiel auf, wie groß sein Kehlkopf war, der Adamsapfel: Was für eine Bezeichnung! Unnötig groß. Als wäre ihm der Apfel im Halse steckengeblieben.

Sie schaute auf die Straße, mit Mühe ein Lachen unterdrückend, zum Schloß Beusdael mußte man nun abbiegen, sie konzentrierte sich auf Blinken, Herunterschalten und Steuern, während sie spürte, daß sich Johannes' Blick auf sie richtete, als würde er ihren Gedankengang nachvollziehen. Sie wurde rot und kämpfte gegen den erneuten Lachreiz an.

Überhaupt konnte sie nur den Kopf schütteln, über diese

merkwürdigen Ferien, die ihr einen fremden, vertrauten Mann beschert hatten, der sie rührte, anstrengte und neugierig machte zugleich, und ein Kind, das nicht sprach, aber sang und in Turnschuhen herumlief, die sie ihm gekauft hatte. Mit der Selbstverständlichkeit, der Zuständigkeit einer Mutter. Fast. Und: Zum ersten Mal gab es morgens ein Erwachen ohne Heimsuchungen.

Sophia bog scharf um die Kurve, schnitt sie, als könne sie dadurch auch die Gedanken abschneiden, und hielt auf einem gepflasterten Parkplatz, auf dem wenige Autos standen, verloren, wie von einer Faust aus großer Höhe einfach fallen gelassen.

Annika sprang aus dem Auto, rieb sich die Augen, dehnte und streckte sich. Die Schuhe blinkten bei jeder Bewegung. Als sie das wuchtige, aus graublauem Naturstein erbaute Gemäuer mit seinen zwei Türmen und den Schießscharten-Fenstern erblickte, schrie sie auf und floh entsetzt in das Auto zurück. Warf sich auf den Bauch und hämmerte mit den Fäusten gegen die Polster. Sophia war ratlos, so ein theatralisches Kind.

– Als hätte sie König Blaubart gelesen. Johannes ging vor der hinteren Tür in die Hocke und versuchte ihren strampelnden Beinen auszuweichen, die hinausragten.

«So schlimm finde ich es gar nicht, das in Montzen ist viel trutziger – das können wir uns sparen. Wahrscheinlich kennt Annika nur Disney-Schlösser, die allesamt aussehen wie russisch-orthodoxe Klöster mit Zuckergußhauben.»

Noch während sie sprach, spürte Sophia, daß sie diesmal Annika nicht wirklich böse war.

In der Zwischenzeit hatte sich Johannes neben Annika auf den Rücksitz gequetscht, er klopfte ihr sacht auf den Rücken, und nach einer Weile hörte sie auf, sich zu winden und zu treten. Sie blieb auf dem Bauch liegen, das Gesicht in den Armen versteckt.

– Willst du denn das Schloß besichtigen? Johannes schaute zweifelnd.

Sophia schüttelte den Kopf. «Lassen wir das. Sie wird uns ohnehin nicht glauben, daß eine Prinzessin darin gelebt hat.»

Bei dem Wort *Prinzessin* hob Annika den Kopf, wischte sich mit dem Ärmel über das verrotzte Gesicht und rappelte sich auf. Blick zu Johannes, der ihr bedeutete: Wir fahren. Zwei Seufzer, Sophia startete den Wagen. Die gewaltigen Mauern des Schlosses füllten den gesamten Außenspiegel aus, unvermittelt fühlte auch sie den Schreck, der Annika befallen haben mußte. Wie es da stand, ohne daß es Berge oder ein Fluss umgaben, einbetteten – es stand da wie ein Gegner.

Eigentlich war sie erleichtert, daß die Besichtigung ausgefallen war. Die letzten Schlösser hatte sie mit ihrem Mann besucht, auf den Spuren vergangener Größe, gemeinsam waren sie durch die stillen Alleen Norddeutschlands geglitten, im streng nach Kunstleder riechenden Leihwagen, dessen Nummernschild ihrer beider Initialen, H und S, trug – ein Zufall, der sie übermütig machte –, Mittagspausen in dösenden, in der flachen Landschaft sich duckenden Orten, Hand in Hand in den riesigen Schloßpantinen rutschend, dem Singsang des Schloßführers lauschend – später würde man gemeinsam über die Stilblüten lachen –, Verbündete unterwegs, für immer, schien ihr. Für immer, hieß es. Der Zauber großer Zusagen. Im Licht eines Herbstes, der alles rot-golden überwölbte, als gäbe er seinen Segen zu dem, was geschah. Falsch gelesen, dachte Sophia, über sich selbst aufgebracht. Sie wollte die zarten, aber zähen Netze der Erinnerung, die unsichtbar überall aufgespannt waren, durch burschikose Energie zerstören, um sich schlagen (wie gegen lästige Insekten) oder sie – warum nicht – durch den Schall herzhaften Lachens zerreißen.

Der Haaransatz eines Kindes – wenn sie hinter ihm ging, mußte sie ihn anfassen. Nie wieder hatte jemand so nachgefragt wie er, so – begierig, so heißhungrig: Was hast du heute gemacht? Was beschäftigt dich? Erzähl! Mir alles! Ich will dir alles erzählen! Und wenn sie ihm berichtete – von einer alten Zeche, über die sie ihre Magisterarbeit geschrieben hatte, oder über einen Duft, der nach Neuwagen, Litschis und Gardenien roch, und den Namen, den sie für ihn gefunden hatte: *hausse* –, dann verdunsteten ihre ohnehin nur zaghaften Zweifel in der Wärme seiner Anteilnahme und Begeisterung. Wenn er leichthin sagte, «besser im Untergrund als am Abgrund lieben», dann konnte er mit ihrer wilden Entschlossenheit rechnen, einem Wortspiel die Kraft für die Errichtung von Wirklichkeit zuzutrauen.

Sie sah sich zu Annika um und reichte ihr die Hand – Annika nahm sie. Die erste Berührung, die sie erwiderte.

«Ich habe auch keine Lust», sagte sie auf deutsch. Und war sich sicher, daß Annika jede Sprache verstand.

*D*rielandenpunt stand auf dem Schild, auf das Annika aufgeregt zeigte.

«Sie kann lesen!» Sophia spürte – überrascht – Stolz auf Annikas Kenntnisse.

«Das glaube ich nicht», sagte Johannes, «aber sie erkennt das Wort von der Karte wieder. Darauf hat sie gewartet.»

Der Parkplatz war voll, Bus an Bus, in der Luft Schwaden von Frittieröl.

– Pommes frites, Johannes hielt sich die Nase zu – Pommes frites sind eine belgische Erfindung. Die Belgier sind sehr stolz darauf, daß sie die Kartoffel vom Knollendasein befreit haben – ihr Anschluß an die Moderne. Post-postmodern neigt man jetzt eher wieder zur unbehauenen Form der Bratkartoffel, zu rustikalen Schnitzen, der Natur nachempfunden – aber hier anscheinend noch nicht.

Sophia staunte über seine Ausdrucksgabe, die Feinheit seiner Gebärden, die tatsächlich *sprechend* waren – oder über ihr eigenes Übersetzungstalent und Einfühlungsvermögen, ihre Freude daran, an seinen Formulierungen innerlich zu feilen. Ein eigentümliches Vertrauen, eine verrückte Intimität: Johannes vertraute ihr seine Worte an, er überließ ihr die letzte Gestaltung. Sie war sicher, daß sie die Worte wählte, die Johannes ausgesprochen hätte, wenn er könnte. *Unbehauene Form der Bratkartoffel*, sagte sie laut, und Johannes nickte begeistert, in den gesprenkelten Augen so etwas wie – Funken.

«Ich bin», sagte Sophia und lächelte, «ich bin dein erster Leser. Du solltest um mich werben.»

– Ich bin dabei.

Annikas Turnschuhe blinkten heftig, weil sie vor Aufregung auf der Stelle hüpfte, dabei an Johannes' Jackenärmel zog, die Augen aufgerissen, um sich nichts von dem Angebot entgehen zu lassen. Es gab mehrere Fast-food-Restaurants, Minigolf, Buden mit Souvenirs und andere mit gebrannten Mandeln, Autoskooter. Überall Luftballons: Disney-Figuren, Herzen, darauf Porträts der Königsfamilie. Im Wind rissen sie an den Leinen, Freiheitshelden. Annika zerrte Johannes mit und deutete auf «Die Schöne und das Biest». «Später!» rief Sophia, aber da hatte Johannes die Schöne bereits gekauft.

Sie liefen zwischen den Verkaufsständen hindurch, Annika eifrig, die Schöne im Schlepptau, die überall hängenzubleiben drohte. Die Beliebigkeit des Angebotenen entging ihr, sie fand alles aufregend. Oder es war genau deswegen aufregend, weil sie alles wiedererkannte, ohne es je gesehen zu haben. Sophia bedrückte die Trostlosigkeit des Ramschs, der aus irgendeinem Niedriglohnland in die ganze Welt entsprang (und mehr noch, daß ihr dazu prompt das Wort *Niedriglohnland* auf der Zunge lag), und ihr Gang wurde schleppend.

– Was die Sprache, was Esperanto nicht geschafft hat, Johannes machte eine ausholende Armbewegung – hat die Ware geschafft; überall dieselbe. Zamenhofs Güter – Güte, Toleranz – Ladenhüter.

Das letzte Wort schrieb er auf den kleinen Block, den er in der Brusttasche trug. Mit der Miene eines Regisseurs, der zufrieden einen Regieeinfall notiert.

Sophia schaute ihn an und war überwältigt von einem schlagartigen Verlangen: nach Johannes, aber auch nach einer Familie. Daß dies hier ihre Familie wäre, ihr unbestreitbarer Mann, ihre unbestreitbare Tochter. Die sie lieben dürfte, gängeln dürfte, versorgen dürfte, strapaziös finden dürfte und unersetzlich. Ganz leicht berührte sie Johannes' Hüfte, er betrachtete sie überrascht, mit einem Anflug von Mißtrauen. Sie lächelte vor sich hin und schlug vor, Annika Karussell fahren zu lassen und beim Warten – mehr am Rand des Getümmels – sich zu setzen, das Kind im Blick, zwei Kaffeetassen, die Hände auf dem Tisch in kurzem, unabsichtlichem Kontakt. Ein normales Paar. Vielleicht.

Sie setzten sich in die bunten Plastikstühle des Cafés *Drielandenpunt*, das unmittelbar neben den drei Grenzsteinen lag, die sie bereits von der Fotografie mit den drei Zöllnern kannten.

«Stand in der Bildunterschrift nicht etwas von vier Ländern?»

Johannes nickte, *wo sich vier Länder küssen*, das vierte sei eben Neutral Moresnet gewesen. Punkt. Er spürte die Blicke der Umsitzenden, am Nachbartisch wurde ein kleiner Junge von seiner Mutter ermahnt, nicht zu starren, auf holländisch – aber selbst ungarisch hätte Johannes in diesem Moment verstanden. Das Reden mit den Händen bezog alle ein, die Blickkontakt haben konnten, das Reden mit den Händen hatte viele unerwünschte Zuhörer, die sich ihrer Neugier nicht einmal schämten. Soweit das Auge reicht. Was einem bestimmten Ohr galt – und Sophias Ohren entzückten ihn: Sie standen leicht ab, so als wären sie aufmerksam, zugewandt, kurze, feste Ohrläppchen, sanft geschwungenes Halbrund, durchblutet, durchscheinend, einladend. Wahrscheinlich hatte er sie heute nacht geküßt, unter anderem – zerrann unter den fremden Blicken zur beliebigen Mitteilung, zur spaßigen Fuchtelei.

Die Sprache verschlagen. Vielleicht hatte er, als er nicht

einmal mehr einen Schrei entlassen konnte, einfach nur seiner Mutter gleichen wollen. Die so still dagelegen hatte, der Schultag längst angebrochen. *Klappe. Sie* hatte ihn nicht geweckt, mit keiner Stimme. *Klappe.* Das Licht hinter den Vorhängen bereit wie immer. *Klappe.* Sein persönlicher Horrorfilm. Der Geruch im Schlafzimmer nach Lavendelsäckchen, Mottenkugeln und, darunter, nach schlechten Träumen, nach vergeblichen Träumen, schlimmer noch: nach fehlenden Träumen (im angestrengten Gesicht abzulesen, das sie morgens trug, wenn sie das Zimmer verließ), war auch derselbe. Neu war das: die Anstößigkeit der Wörter. Ihre sinnlose Belagerung der Zunge. Sie hatten versucht, durch Schütteln und Zureden das Kind zum Sprechen zu bringen, und waren gescheitert. Nein, geschüttelt hatte ihn niemand. Leider. Er hatte den Mund aufgerissen, aber sie hatten nichts gesehen. Der Schock, er wird vergehen, ein Reigen gutwilliger Therapeutinnen, deren Zuwendung er manchmal genoß. Aber die Stimme versagte sich.

Sophia hatte die Karte auf dem Tisch ausgebreitet, verfolgte mit dem Finger die Strecke, die sie zurückgelegt hatten. Der Dreiländerpunkt war die Spitze des schmalen Dreiecks, das einmal Neutral Moresnet gewesen war.

– Am dicken Ende das Zinkerzbergwerk. Johannes zeigte darauf.

«Sieht aus wie ein Tortenstück oder ein Scheinwerferkegel, es hat so gar nicht die Form eines Landes.»

– Es hat die Form eines Streitobjekts – es ist aus Streit geboren. Aber aus der sogenannten Herrenlosigkeit erwuchs eine Art Reichtum, Reichtum an Ideen, Impulsen, Selbstverantwortung.

«Haben die Neutralen sich nicht vielmehr gefühlt und benommen wie in einem Duty-free-Shop?»

Johannes nickte.

– Du bist der Realo, laß mich der Fundi sein.

Er nahm einen Bierdeckel und schrieb Realo und Fundi darauf, aber Sophia hatte es längst von den Lippen abgelesen.

– Darf ich dich küssen? Dann fallen wir nicht so auf. Dann sind wir beide stumm.

Als sie die Augen wieder aufschlugen, stand Annika vor ihnen, mit dem Blick eines Forschers. Die Zungenspitze eingeklemmt, die Miene ernst und konzentriert, Hohlkreuz und herausgestreckter Bauch. Nach langem Nachdenken ergriff sie Sophias und Johannes' rechte Hand und zog. Aufstehen.

«Willst du uns sagen, was du möchtest?» Sophia drückte die weiche, fleischige Kinderhand, die immer ein wenig klebte.

Annika drehte sich um und zeigte mit ausgestrecktem Arm in Richtung der Grenzsteine. Dabei ruckelte sie ungeduldig mit dem ganzen Körper.

An den Grenzsteinen baten sie einen japanischen Touristen, sie zu dritt zu fotografieren. Sie stellten Annika vor den mittleren, kleinsten Stein, links von ihr Johannes.

«Mama *smile*», sagte der Japaner und machte Sophia vor, was er meinte.

Annika lächelte sehr professionell, dann drehte sie sich mit dem Rücken zum Fotografen und deutete auf ihre Schuhe. Er knipste ein zweites Mal.

Johannes hatte da seinen Arm um ihre Schulter gelegt; mindestens auf dem Foto war nun eine Familie gestiftet.

Als sie den Aussichtsturm bestiegen, der wenige hundert Meter vom Rummelplatz entfernt lag, schaffte Annika nur die Hälfte des Aufstiegs und ließ sich dann von Johannes tragen. Sie hatte die Schnur des Luftballons so fest um ihre Hand gewickelt, daß sie einschnitt. Die Schöne lächelte unbeeindruckt. Sophia schnaufte und beschleunigte ihr Tempo. War die erste. Und beschämt über ihren kleinlichen Ehrgeiz. Oben standen sie, verschwitzt und rot, außer Atem, und überschauten das flachste Land der Welt.

«Dahinten», übersetzte Sophia, was Johannes zeigte, «dahinten liegt das Meer, Annika.» Annika schaute zu der Linie des Horizonts, darüber war der Himmel blaß gedehnt, während er über der waldigen, unmittelbaren Umgebung zu ihren Füßen kräftig blau aufriß.

«Meer?» wiederholte Sophia. Sie hatte keine Ahnung, ob Annika verstand. Annika nickte, legte ihr Kinn auf die hölzerne, von Initialen durchzogene Brüstung und starrte in die Ferne, in die Johannes gezeigt hatte. Der dünne Pony flatterte im starken Wind, sie kniff die Augen zusammen. Nein, sie war kein schönes Kind, Sophia fragte sich nicht mehr, warum sie das in einer Art inneren Buchhaltung immer wieder dachte (ihr Kind wäre schön gewesen), aber sie war drollig, rührend. Johannes kratzte für sie mit seinem Taschenmesser ein Herz neben die vielen anderen, darin die Buchstaben J, A und S. Annika fuhr mit ihrem kurzen Zeigefinger die Kerben nach und schaute Johannes wieder an, als sei er ihr Bräutigam. Sophia begriff diesmal – frei von Unwillen –, daß Annika sich den Blick aus den hunderten von Liebesgeschichten geliehen hatte, die sie in ihren fünf oder sechs Lebensjahren aus der Nähe ihres Wohnzimmers begleitet hatte, auf dem abgewetzten Teppich vor dem Bildschirm sitzend, der Daumen ihr einziger Freund.

Engelchen flieg spielten sie auf dem Abstieg und stürzten beinahe alle drei.

Als sie den Boden fast erreicht hatten, kam ihnen das Paar entgegen, das Sophia im Museum beobachtet hatte, Ti und Hexlein. Sie gingen umarmt, bei der engen Treppe ein Kunststück, und trugen genauso penetrant wie am Vortag ihre Verliebtheit zur Schau. Der Blick der Frau blieb kurz auf Annika, dann Sophia hängen, wanderte zu Johannes, schlug von Desinteresse um in Bedauern (der Ärmste, mit solchem Anhang unterwegs) und mündete abschließend in ein verschwörerisches Lächeln. Das Johannes unbefangen erwiderte. Dann küßte sie Ti auf den Mund, rief «wer zuerst oben ist» und rannte los.

Ti sah seiner kindisch aufgedrehten Freundin begeistert hinterher, auch ihm war im geschmeichelten Gesicht die Entschlossenheit abzulesen, wieder zum Kind zu werden und alles schön, schön, schön zu finden, was seine Spielgefährtin tat.

Sophia schüttelte sich. Und schloß nicht aus, daß sie die beiden sympathisch finden würde, wenn sie selbst mit ihrem Mann treppauf, treppab oder himmelwärts unterwegs sein könnte.

– Die Leute haben zu viele Beziehungskommödien gesehen, meinte Johannes, das färbt ab. Blöde Müßiggänger (schrieb er), nur mit sich selbst und dem Totschlagen ihrer immer ausgedehnteren Freizeit befaßt. Schob den kleinen Block schwungvoll in die Brusttasche des Hemds zurück.

Sophia lachte ihn einverstanden an, auch dankbar. So gefiel er ihr. Ein bißchen rauflustig, ungerecht, polemisch, man mußte ja nicht immer die ganze Menschheit lieben.

Sie schaute auf, ganz oben an der Brüstung die beiden, blonde und graue Haare im Wind, Winken. Rufen. Sophia verstand nicht, winkte zurück, stieß Johannes an, der winkte auch. – Kennen wir sie?

«Nein», sagte Sophia, «die sind nur gönnerhaft, weil sie frisch verliebt sind. Sie deuten die ganze Welt zu ihren Gunsten.»

Die *Schöne* wurde in den Kofferraum gesperrt, Annika leckte sich die Finger; der Ausflug hatte durch den Verzehr von Pommes frites mit Ketchup seinen würdigen Abschluß gefunden, seinen Abspann. Gähnend ließ sie sich von Sophia das Gesicht und die Hände abwischen. Danach schien sie nachdenklich oder bestürzt, Sophia fragte nach, was ist, was ist los, denkst du an deine Mama?, aber Annika gab nicht zu erkennen, ob sie verstand. Johannes legte sein Gesicht auf seine wie im Gebet zusammengelegten Hände: Müde? Annika machte es ihm nach, nagte an der Unterlippe, gab sie schließlich frei, lachte vorsichtig. Auf der Rückbank rollte sie sich zusammen und steckte den Daumen in den Mund.

Auch Johannes fielen die Augen nach wenigen Kilometern zu, Sophia stellte leise Musik ein, schaute nach den beiden Schlafenden mit dem erhebenden Gefühl, ihren Schlaf zu behüten, ja, ihn geradezu zu ermöglichen: durch die behutsam ausgefahrenen Kurven, das hinter abgedunkelten Scheiben gedimmte Nachmittagslicht, das blubbernde Gurgeln des Dieselmotors.

Johannes' Halsschlagader pulsierte, der Hemdkragen war weit geöffnet, die Haut im Ausschnitt – im Gesicht auch – leicht gerötet von der Sonne. An dieser Stelle entschied sich so viel, das Leben behauptete sich dort oder wurde beschlossen. Der Erstickungstod ist eine der qualvollsten Todesarten, er erzeugt punktuelle Unterblutungen im Gesicht. Irgendwo hatte sie das gelesen; und jetzt stellte sich diese Formulierung mit dem Automatismus eines Worterkennungsprogramms ein. Die Wehrlosigkeit des entblößten

Halses, des zurückgeworfenen Kopfes war aufreizend. Anziehend. Sophia hätte ihn gerne angefaßt, mit beiden Händen umfaßt, ermessen, wie gefährlich nah beieinander alles war. Nein, nicht zugedrückt. Was fiel ihr ein.

An der Stirn der kleine Haarwirbel, der am Ansatz bereits grau wurde, vom Luftzug aus dem Gebläse hochfrisiert. Die Sommersprossen auf dem Nasensattel, die langen Beine eines großen Jungen. Er sollte sich für sie verausgaben – das wünschte sie. Unvernünftig, unsinnig, verschwenderisch. Und wurde gleichzeitig das Gefühl nicht los, daß sie die Blaupause waren für eine Liebesgeschichte, die nie stattgefunden hatte.

Und: Alles auf dieser Reise verwandelte sich auf noch nicht geklärte Weise in ein Tableau, in eine kleine, luftabgeschlossene Idylle: so auch jetzt, sie drei im geschützten Raum des Autos wie in einem winzigen Medaillon verwahrt. Oder in einer Spieluhr, die Mann, Frau und Kind nach festgelegtem Mechanismus in Bewegung versetzte – ein kurzer, getragener Reigen –, dem die erneute Starre folgte.

«Wie soll ich fahren?» fragte sie in die Stille hinein.

– Auf das Viadukt zu, zum ehemaligen Rathaus. Die Antwort von Johannes kam so prompt, daß er nicht geschlafen haben konnte. Nur zur Tarnung die Augen geschlossen.

Sophia parkte am Straßenrand, zog den Schlüssel ab und wandte sich Johannes zu. Hier? Er sah, daß sie sich Mühe gab, er sah den Blick der Lehrerin, die Geduld hat mit ihren Schülern, ihren kleinen Phantasten.

Sie ließen die Fenster einen Spaltbreit offen, Annika schlief, am Handgelenk noch immer die rote Spur der Schnur. Sie schlichen vom Auto fort, als könnten ihre Schritte sie wecken.

– Im Seitenflügel könnten sie gewohnt haben, auch Zamenhof selbst könnte sie dort nach 1908 besucht haben. Laß uns kurz hineinschauen. Danach fahren wir *heim* – er grinste – und kochen etwas für die Kleinfamilie.

Die Eisenbahnbrücke überspannte den Ort bedrohlich, ein Zensurbalken, der den Himmel durchschnitt. Darunter duckten sich eingeschüchtert die alten Häuser aus Blaustein, nur die Hunde, die hinter Zäunen die Zähne fletschten, gaben nicht klein bei. Ihr Knurren entstieg der Tiefe des Rachens, warnend, blutrünstig. Es stand in eigentümlichem Kontrast zu den gehegten Vorgärten mit den üblichen putzigen Männlein, Rehlein und Schneewittchen. Auf einer Leine flatterten Taschentücher, vierzig, fünfzig Stück, jedes säuberlich an einem Zipfel festgeklammert: ein Stilleben in kariertem Pastell.

«Wenn das letzte hängt, ist das erste schon trocken», sagte Sophia und legte, einem plötzlichen Impuls folgend, ihren Arm um Johannes' Hüfte (der starke Beckenknochen unter ihrer Hand, im Gehen bewegt), «irgendwie liegt eine schöne Verücktheit in dieser beharrlichen Sorgfalt.»

Sie betraten das ehemalige Bürgermeisteramt, in dem Büros der Stadtverwaltung untergebracht waren. Der Eingang links davon führte in die ehemalige Post, dem Zentrum des Umsturzes, wie Johannes bemerkte, denn hier waren die Briefmarken ausgegeben worden, vor denen sich die mächtigen Nachbarn Preußen und Holland so gefürchtet hatten. Über der Tür das alte Wappen von Neutral Moresnet.

Der Flur war dämmrig und schäbig, es roch nach Putzmitteln, Staub und Geschichte.

– Schau mal. Johannes zeigte auf eine der Türen. *Labori kaj esperari.* «Arbeite und hoffe», übersetzte Sophia, «schon wieder deine Losung, diesmal als Beamten-Incentive, nicht schlecht.»

– Eher mein Los als meine Losung – Johannes schob sie sanft weiter – in Richtung einer Tür am Ende des Flurs, – aber es verhindert wenigstens, daß ich jammere.

Sie betraten einen stickigen Raum mit Aktenschränken, schauten durch die nicht besonders sauberen Fensterscheiben in einen kleinen, verwilderten Garten.

«Endlich mal nichts Manikürtes!» Sophia atmete aus, erleichtert. Vielleicht – überlegten sie gemeinsam, und das Ausdenken und Spinnen machten ihr sogar Spaß – hatte hier das junge Liebespaar gesessen, auf dieser überwucherten, steinernen Bank, hatte über Patienten und die Rolle der Suffixe im Esperanto gesprochen, hin und wieder einen Kuß getauscht, eine Berührung, die Nacht zitierend, gewagt. Bis sich das Wartezimmer wieder füllte. Molly hatte seiner Frau von der Idee mit den eigenen Briefmarken gesprochen, noch immer entflammt, sie hörte höflich, aber unbeeindruckt zu. Es spielte ihrer Ansicht nach keine Rolle (so die heutige Sophia), ob es sich tatsächlich um einen Staat oder nur um eine Gesellschaft handelte, die mit wenigen Vereinbarungen auskam. Im Gegenteil, letzteres war ihr lieber, Bürger ohne Staat mußten Gemeinsinn selbst definieren, das interessierte sie, darüber wollte sie nachdenken und schreiben. Sie schritten die schmalen, gekiesten Wege ab, Sophia Zamenhof machte Pläne für Gemüsegarten und Kräuterbeete, und dann stritten sie über die Rolle der slawischen Sprachen für den Wortschatz des Esperanto, unterrepräsentiert nach Sophias Meinung, ungeeignet nach Mollys (Johannes fand gute Gründe für beide Ansichten). Sie diskutierten mit der Zurückhaltung einer zärtlichen Degenfechterei. Sophia ermüdete.

«Macht er ihr keine Liebeserklärung?» fragte sie mit einem hellen Unterton in der Stimme. Und drehte dem Fenster den Rücken zu. «Oder erklärt er ihr auch die Liebe?»

– Wie schön du bist. Wie schön du nackt bist.

«Wer von euch beiden sagt das?»

– Ach. Johannes machte eine abwehrende Bewegung. Falsche Frage.

Aber er spürte, daß sie recht hatte. Er hatte es sich, ihnen beiden, eingebrockt. Wahrscheinlich nahm Sophia an, daß ihn Bücher mehr erregten als Haut. Und die erdachte Liebesgeschichte mehr als eine mögliche zwischen ihnen. Als würde sein Körper diesen Überlegungen sekundieren (oder sie torpedieren – wer weiß), wuchs seine Erregung. Einschießendes Blut, schmerzhafte Erektion. Johannes krümmte sich leicht.

«Es macht ja auch Spaß», fuhr Sophia, einlenkend, fort, «so eine Lebensgeschichte, Liebesgeschichte nach Maß zu erfinden. Aber wir idealisieren die beiden ganz schön! In Wirklichkeit klaffen Alltag und Überzeugungen doch ziemlich auseinander. Oder lebst du so? Lebt überhaupt jemand so?»

– Wie? Johannes versuchte Zeit zu gewinnen, hatte nicht zugehört, stand abgewandt da, wie als Kind mit nassen Hosen.

«So korrekt, so konsequent, so durch nichts abgelenkt, so besonnen liebend, einer Sache hingegeben, so» – sie zögerte – «aufrecht.» Sie war in Fahrt, hatte sich in Schwung geredet. Und nahm überhaupt nicht wahr, was in diesem Moment an Johannes aufrecht war und was nicht.

– Nein. Nein. Nein.

Johannes brach in Lachen aus, trat hinter sie, die es gerade noch schaffte, ihm einen erstaunten Blick zuzuwerfen, legte seine Hände über ihre Brüste, hob sie, als müsse er sie wiegen und schätzen, küßte sie auf den Nacken, berührte mit der Zunge den Haaransatz, traf auf kleinen, borstigen Widerstand und preßte sich an sie.

So standen sie. Es war so still, daß man aus einem anderen Raum das mechanische Vorrücken des Zeigers einer Uhr hören konnte.

«‹Du machst mich scharf› – sagt er das?» Sophias Stimme war belegt.

– Ja, das sagt er.

«Sagt er: ‹Laß uns gehen›, während seine Hände unter ihre Bluse, Mieder, was auch immer wandern?»

– Ja, das sagt er. Johannes Hände gehorchten.

«Ist das ein schlechtes Zeichen, ich meine: Verraten sie die Sache?» Sophia seufzte unter der Liebkosung, gluckste leise, lockend, froh.

Johannes ließ eine Hand, wo sie war, die andere zog er unter ihrem Pullover hervor und bedeutete: – die Sache ist gut aufgehoben.

Sie standen so verschränkt, bis sich die Tür öffnete und ein Mann eintrat, entgeistert, er sprach sie auf französisch an. Ertappt, verlegen und beschwingt traten sie auf den Flur hinaus, Sophia hatte ihr Bedauern noch in korrektem Französisch und mit ernster Miene geäußert. Seine Antwort entging ihnen bereits, sie glaubte, das Wort Hormone identifiziert zu haben. Es war ihr egal: Hormone, das zentrale Nervensystem, der Mai – es fand jedenfalls statt, ihre Haut als Zeuge.

Im Garten blieben sie stehen, geblendet von der Helligkeit. Sophia schlenkerte mit einem Schlüsselanhänger. Ein entrücktes Gefühl, als wäre sie aus einer Narkose erwacht, die sie in ein anderes Leben geführt hatte. Das ihr nun angehörte – wenn auch auf ungeklärte Weise.

Johannes hielt ihre Hand fest, der Anhänger fiel hinab. Er bückte sich danach, hob ihn auf und schaute ihn sich näher an. Ein winziger Käfig aus Zinn, darin gefangen ein kleiner Vogel.

Sophia streckte auffordernd die Hand aus.

– Ein Geschenk?

Sie nickte.

– Dein Herz hinter Gittern?

«So etwas würde Molly nie fragen», sagte Sophia und sah ihm endlich in die Augen.

– So etwas würde Molly nie verschenken. Johannes wandte sich zum Gehen, heftig, der Augenblick, in dem alles gestimmt hatte, war vorbei.

Im Auto schlief Annika noch immer fest, sie lag auf dem Rücken und röchelte leise, als wäre sie erkältet.

«Hast du Kinder?»

Es war die einzige Frage, die ihr in diesem Moment einfiel (vermutlich, weil ihr Blick auf Annika ruhte); sie wollte anknüpfen an das Einverständnis, das sich eingestellt hatte, bevor der Schlüsselanhänger hinuntergefallen war und sie getrennt hatte. Sie hatte ihn von ihrem Mann geschenkt bekommen – er sei der kleine Vogel darin, hatte er erklärt, der Käfig sei ihr Herz. Und nichts anderes wolle er, als darin eingesperrt sein.

Sie würde ihn freilassen, nach ihrer Rückkehr.

– Eins, das ich kaum kenne, du?

Sophia war zu verblüfft, um zu antworten, und schüttelte nur den Kopf. Keins.

– Die Mutter – fuhr Johannes fort – und ich, wir haben uns getrennt, da war sie schwanger. Ich wußte es nicht. Erst als die Zahlungsaufforderung kam. Eine Tochter, jetzt sechs Jahre alt. Ein erpreßtes Kind. Merkwürdig, jetzt, wo es Annika gibt, frage ich mich nach ihr. Welche Stimme sie wohl hat?

«Ich habe fast keins», fügte Sophia an und fuhr aus der Parklücke.

Und hätte um ein Haar Ti und Hexlein erwischt, die, beschwingt wie immer, gerade um das Heck des Autos bogen. Sophia hielt, öffnete das Fenster und rief eine Entschuldigung.

Sie winkten fröhlich ab, nichts passiert.

«Schrecklich, diese Ausgelassenheit», sagte Sophia zwischen den Zähnen, «dann doch lieber zwei Melancholiker wie wir. Verfolgen die uns?»

Ein Schwirren in der Luft, Frühsommer aus vollen Händen. Eine große Übertreibung, alles Superlativ. Inflation.

Das Korn stand hoch, Mohn und Kornblumen dazwischen, schwelgerisch bunt, hier schien keiner zu sparen. Wüßte man noch, wie Lerchen singen, man würde sie hören. Der Kuckuck schrie, seiner Bälger ledig, in reiner Schadenfreude. Die Blutbuchen zeigten ihre Blätter im Wind, die Unterseite von noch satterem Rot – warum nicht wuchern mit seinen Pfunden! Und die Linden prahlten mit Grün, protzten mit dem Duft ihrer bevorstehenden Blüte, die Luft schon trächtig davon. Als Parfum unerträglich. Brünstig. Die Üppigkeit erdrückte, niemand war dieser Landschaft gewachsen, alles mußte dürftig werden gegen sie. *Arcadia at its best* müßte man in die Reisekataloge schreiben.

Unten am Bach die Brennesseln kniehoch, tückisch. Ihre Blätter mit den gezahnten Sägen gezückt.

Johannes hatte Sophia die Decke, die er in seinem Rucksack mit sich trug, um die Beine gewickelt, in Trippelschrittchen bewegte sie sich zwischen den Nesseln. Es ging steil abwärts, sie mußte immer wieder innehalten, die Decke neu wickeln, den nächsten Schritt planen. Johannes machte ein Foto von ihr, und noch während er durch die Blende schaute, ihr lachendes, braungebranntes Gesicht, die schönen Zähne, den rot geschminkten Mund, die nicht ganz sauber aufgetragene Wimperntusche für alle Ewigkeiten – jedenfalls für längere als die eigene – erfaßte, spürte er sie, die Angst. Davor, daß auch ihm nicht mehr bliebe von Sophia als diese Aufnahme. Davor, daß ihm diese und die andere Sophia einfach abhanden kommen würden – Liebesgeschichte? Ha! – und sie mit einem neckischen Wegpusten der Haarsträhne, die beiden über die Stirn fiel, die ihnen angetragenen Männer entlassen würden, fristlos.

Sie erreichten den Bach, mehrere kleine Stromschnellen ließen ihn lustig plätschern – wie aus einem romantischen Liederzyklus geschnitten. Fette-Henne-Blüten an seinen Rändern, Libellen. Hinter dem steilen Hang verschwand die Wohnanlage gänzlich. Glucksendes Lachen zu ihrer Rechten. Sophia wandte sich um und sah im hohen Gras, auf einer Decke ausgestreckt, die Kleider um sich herumgestreut, Ti und Hexlein.

«Siehst du», sagte sie zu Johannes gewandt, «sie verfolgen uns.»

Johannes zuckte mit den Schultern, zog sie in die andere Richtung. Die weichen weißen Brüste von Hexlein, mit den großen Warzenhöfen, über die sich Ti gerade anbetend beugte, erregten sie, wider Willen. Brille und Uhr von Ti lagen neben der Decke. Eine Flasche, ein Handy, Chips. Der Hintern von Ti – frei zugänglich – war von Mücken zerstochen. Kindlich sah das aus.

Noch im Stehen begannen Johannes und Sophia sich zu küssen, sie entledigten sich mit kleinen, kompetenten Gesten – ohne das zärtliche Zögern, die hinlänglich eingeübte dramaturgische Verlangsamung, die Hinhaltung – ihrer Kleider, warfen die Decke auf den Klee- und Butterblumenteppich, Sophia spreizte die Beine, komm, Johannes drang in sie ein, sofort überwältigt von der Hitze und Enge, beide diesmal stumm und einverstanden, Becken an Becken, die Muskeln in ihr eigenes Spiel – umklammern, stoßen – restlos vertieft, kein Stöhnen, Stammeln, Keuchen, nur ineinander verkettete Bewegung – am Schluß ein Aufatmen, ein schlichtes Anerkennen: daß es gutgetan hatte. Die Luft roch nach ihnen.

Nichts hatte gefehlt. Es hatte nichts zu sagen gegeben. Johannes lag wie erschlagen von dem Glücksgefühl, nichts zu vermissen: die Wortlosigkeit geteilt zu haben. Zu Recht geschwiegen zu haben.

«Jetzt eine Zigarette», sagte Sophia und hielt sofort inne. Auch bei ihr hatte sich die Gewißheit, nicht vergleichen zu müssen, prompt eingestellt. Amüsant, der Wunsch nach einer Zigarette. Eindeutig neu. Sie hatte vor mehr als fünfzehn Jahren aufgehört zu rauchen. (Die Zigarette im Auto auf der Hinfahrt zählte nicht.) In Liebesfilmen steckten sich Paare nach getaner Arbeit immer Zigaretten an, zogen die Bettdecke bis zum Kinn und inhalierten genüßlich. War es das? Und wenn?

Johannes zog sich seine Boxershorts über und ging die wenigen Meter hinüber zu dem anderen Paar, das jetzt auf der Decke saß, noch immer nackt, und Prosecco trank, lauwarm mußte der mittlerweile sein, bei den Temperaturen. Sie reagierten übertrieben zustimmend auf seine Geste des Rauchens, beide sprangen auf – unbefangen wie Kinder Gottes – und kramten in ihren Rucksäcken und Taschen. Hexlein gab Johannes Feuer, ihre Brüste schaukelten, zwei ungleiche Schwestern, fand Johannes, die eine sah jünger aus, zwischen ihnen, eingebettet, eine Bahn aus Sommersprossen und Sonnenflecken. Am Oberschenkel die rissige Spur getrockneten Samens.

Er zog an der Zigarette. Da stand Sophia hinter ihm, lehnte sich leicht gegen seine Schulter. Sie war noch nackt. Knabenhaft gegen Hexlein, braungebrannt, die Schamhaare kurz getrimmt (Hexlein dagegen wuchs ein richtiges Dickicht).

«Danke», sagte Sophia, nahm Johannes die Zigarette aus der Hand, warf einen Blick auf Ti, der wieder saß und seine Brille suchte, bevor er den Blick erwiderte.

Sie drehten ab, Sophia legte ihre Hand um seine Hüfte und bemerkte, mit einem Seitenblick: «Sie macht dich geil.»

Johannes hob die Schultern, ja. Kein Wunder. Mit einer großen, alles einschließenden Geste – sie beide, das schnell strömende Wasser, das Knospende und Dralle, Pralle, Schwüle der aufgeheizten Luft, des lau fächernden Winds – die ganze wuchernde Verschwendung – was sonst sollte ich sein.

Sie legten sich nebeneinander auf die Decke, die Gesichter zum Himmel.

«Ist dir das schon mal passiert?» fragte Sophia. «Draußen und so» – sie überlegte – «so selbstverständlich?»

Johannes schüttelte den Kopf. Nein, es war ihm nie passiert. Aber selbst wenn es passiert wäre, hätte er vermutlich mit «nein» geantwortet, weil solche Fragen immer aus dem Wunsch nach Erstmaligkeit und Einzigartigkeit entstehen – und auch beim andern den Wunsch danach auslösen. Und den Wunsch, dem Wunsch zu genügen.

«Haben die es hier getrieben?»

– Du meinst die beiden? Johannes zeigte in Richtung von Ti und Hexlein.

– Klar, sah man doch.

«Nein, deine Sophia und ihr Wilhelm.»

– Ich finde: ja.

Sophia lachte über diese Antwort, wälzte sich auf die Seite und blies Johannes den Rauch ins Gesicht. Er blinzelte.

«Wie denn?»

– Im Sitzen, sie auf seinem Schoß, die Röcke gerafft. Es hat sie übermannt. Er veranstaltete eine kleine Pantomine, die sie erneut zum Lachen brachte.

«Was ‹es›?»

– Die Lust. Johannes schaute ihr dabei in die Augen,

– Die Lust, die Wonne. Die Liebe. Such's dir aus. Das beschäftigt dich, was mit den beiden hätte sein können? Du ziehst sie gern aus.

Sophia beugte sich zu ihm und gab ihm einen nikotinbitteren Kuß.

«Ja. Vielleicht bin ich ja nur neidisch. Auf so eine tüchtige, offizielle Lebensgemeinschaft – auch wenn du sie nur erfunden hast. Auf Paare, die mehr verbindet als Reizwäsche und italienische Küche.»

Johannes war abgelenkt. Die Gutenachtküsse seiner Mutter hatten so geschmeckt, hatten ein ebensolches leichtes Brennen auf den Lippen hinterlassen. Gerochen hatte er das Nikotin kaum, dafür war ihr Parfum zu stark. Nur geschmeckt. Er befeuchtete mit der Zunge seine Lippen und schaute der Kippe nach, die Sophia in hohem Bogen in den Bach schnippte.

«Für die Raucher unter den Fröschen.»

Zu dem Gefühl der angenehmen Sattheit gesellte sich erneut Verblüffung. Über die Schlichtheit ihrer Vereinigung, die Schnörkellosigkeit ihrer Lust. Als hätten sie sich aus der anderen Liebesgeschichte die Selbstverständlichkeit geliehen, mit der sich gute Paare verbünden. Auch wenn es Sophia nicht so schien. Und alles in Sichtweite des fremden Paars, das Sophia bereits im Museum aufgefallen war. Was ging hier vor? Aber eigentlich wollte er es gar nicht wissen. Auszeit. Er drehte sich auf die Seite, zu Sophia, strich ihr über den flachen Bauch bis zu dem rasierten Ansatz der Schamhaare, rauh, stachlig unter seiner Hand. Aufregend, der Kontrast von Glätte und Widerstand. Wie in ihrem Nacken.

– Mach dir keine Sorgen.

Als zwei Schatten sich über die Decke legten, schauten sie auf: Ti und Hexlein standen vor ihnen, mit geschulterten Rucksäcken und leicht verrutschter Kleidung.

«Was macht ihr hier so? Außer – ich meine, wohnt ihr auch hier?» Hexlein strahlte.

So viel Zähne in so wenig Gesicht, dachte Sophia.

Und dann hatte sie begonnen zu reden, eine lächerlich ausführliche Antwort wurde es, Esperanto, Zamenhof, die Archäologie, der Feiertag, die Kurzferien – absurd. Später sagte sie zu Johannes – da waren die beiden längst perplex abgezogen, irgendwie schmollend –, sie habe vermeiden wollen, daß Verwunderung aufkäme über den schweigenden Mann, und sie habe daher geplappert, was das Zeug hielt, sei in eine Art Fahrrinne geraten, ähnlich einer Bobbahn, wo man ja auch nicht mittendrin anhalten könne, und sei dann einfach immer weitergeschlittert im eigenen Redefluß.

– Vielleicht – meinte Johannes, als er die Decke zusammenfaltete, die Stiche begutachtete, den Geruch ihrer Haut noch einmal einsog – vielleicht wollten sie eine Vierernummer – oder Yoga zu viert. Wenn wir sie noch einmal treffen, laden wir sie ein, mit uns essen zu gehen. Dann wirst du alle deine Fragen los.

Daß er gespürt hatte, wie peinlich ihr seine Stummheit war, sagte er nicht.

Bei ihrer Rückkehr hatten sie die Tür zu Annikas Wohnung angelehnt gefunden. Ohne sich verwundert oder alarmiert zu zeigen, war Annikas Mutter auf das Klopfen hin auf der Schwelle erschienen, den Kopf noch bandagiert, hatte Annika bei der Hand genommen, sich zu ihr hinabgebeugt, sie auf den Mund geküßt, zwei, drei Sätze auf russisch gesagt (die sich wohl auf die Schuhe bezogen, Annika hielt jedenfalls erst den rechten, dann den linken Fuß stolz in die Höhe), hatte kurz zu Sophia und Johannes gewandt bestätigend genickt, als hätten diese sich erfreulicherweise an das Verabredete gehalten, und dann die Tür geschlossen.

Sophia legte ihr Ohr an die Tür.

«Sie weint.»

– Das ist im Fernsehen.

Johannes nahm sie am Arm und führte sie zum benachbarten eigenen Eingang.

Die Luft war abgestanden, und selbst als sie die Balkontür öffneten, entstand kein Luftzug.

Sophia warf sich auf das Bett, von einem plötzlichen Katzenjammer erfaßt. Sie spürte, wie in einem kleinen Schwall der Samen austrat, die Innenseite des Oberschenkels hinablief. Als Johannes in die Tür trat, Bücher unter dem Arm, und ankündigte, er werde versuchen, Spuren des Bergwerks zu finden, nickte sie bloß matt. Nicht eigentlich Reue überfiel sie, sondern ein bedrückendes Gefühl der Unsinnigkeit. Für nichts gab es einen guten Grund. Es hatte einmal so ausgesehen, als könnte sie die Verbesserung der Welt erreichen, indem sie diese mit einem neuen Menschen bereicherte. Die Bereicherung hatte nicht stattgefunden. Mehr hatte sie nicht vorzuweisen. Sie, Sophia, gab es lediglich nebenbei bemerkt. Neben sechs Milliarden anderen Bedürftigen, neben Fix- und wandelnden Sternen.

Anscheinend bezauberte sie Johannes, der Widerschein seiner Begeisterung war in seinen Augen, das mußte sie ihm richtig übelnehmen, weil er offensichtlich ihre Leere übersah. Überhörte. Sie könnte sich ihm anhängen, ein bescheidenes Leben mit ihm einrichten, seine Lieblingsgerichte herausfinden, die Benennung der Gerüche zu ihrem Hauptgeschäft machen, das Ausgraben lassen – ein Leben im Präsens führen, den nächsten Abend und seine Gestaltung im Blick, mehr nicht. Irgendwann würde Johannes wieder zu sprechen beginnen, im Sog eines sicheren Alltags, einer glanzlosen, schönen Normalität, einer ausgewogenen Zuneigung. Ihm zuliebe würde sie Esperanto lernen, sich möglichst nicht in andere Männer verlieben und für Geschichte interessieren. So fröhlich sein, wie Fotos sie zeigten. Die Krönung hatte ihr Leben hinter sich: im Gartenhaus Goethes in Weimar. Da war die Kompaßnadel auf Zukunft gerückt, da hatte sich, schlicht und sehr bewegend, der Sinn des Lebens eingestellt: wie gerufen. Und spät genug. Bis daß der Tod uns scheidet. Kuß und Siegel. Ring und Augenblick, der nicht vergeht. Was sie herausfinden würden, überirdisch und unterirdisch, würde zu einem sinnvollen Ganzen sich fügen. Das glaubte sie damals, das hatte sie sich in diesem Moment zugetraut: einen nicht nur auf den winzigen Radius ihrer persönlichen Präsenz bezogenen Beitrag leisten zu können, sondern etwas Bleibendes zu schaffen, auch als heimliches Paar. In einer Art Gesinnungsverbund.

Alles, was danach folgte, mußte demnach Subtraktion

sein, Glück minus xy ist gleich jetzt. Die Rechnung empörte sie nun, vor allen Dingen empörte sie, daß sie selbst sie aufmachte. Dieses quälende, selbstsüchtige Stochern – als gäbe es um sie herum nicht genug Anlaß zur Anteilnahme. Wenn auch wenig Grund, an eine bessere Zukunft zu glauben: Sie wohnten in einem heruntergekommenen Hotel, offensichtlich umgeben von illegalen, ausgebeuteten Arbeitskräften aus allen Teilen Osteuropas, Wand an Wand mit Zuhältern, geknechteten Frauen und verwahrlosten Kindern. Und das alles auf einem tortenstückgroßen Fleckchen Land, das einmal Schauplatz einer hinreißenden Utopie gewesen war. Am Ende der Reise würde Johannes von ihr enttäuscht sein, weil sie die Reise ins Blaue Land nur zur Abführung ihres Kummers genutzt hatte.

Sie schlurfte in das fast ebenso heiße Wohnzimmer hinüber, von sich selbst so angewidert, daß sie Mühe hatte, die Füße zu heben. Und fiel auf die durchgesessene Kunstledercouch, an der die Haut sofort schwitzend klebenblieb. Im Fernsehen kam ein Bericht über die einzige deutsche Minensucherin, eine fröhliche blonde Person mit dem Lachen von Skandinavierinnen (ohne Hinterhalt, kein Makeup) und Sommersprossen auf dem Nasensattel. Sie gab unbefangen Auskunft, wie sie mit der täglichen Lebensgefahr umginge, philosophierte darüber, daß es in anderen Sprachen Todesgefahr hieße, was zutreffender sei, und wie sie – die eine wie die andere – *ein Stück weit* (Sophia stöhnte bei der Formulierung leicht auf) verdrängen müsse, wenn sie über *todsicher* verminte Felder liefe. Bei der Arbeit trug sie eine Art Rüstung und vor dem Gesicht ein Drahtgeflecht wie Degenfechter. Schon als Kind habe sie davon geträumt, Minen zu räumen.

Der Reporter fragte, warum sie nicht zur Rettung der

Menschheit Ärztin geworden wäre, Entwicklungshelferin, warum ein klassischer Männerjob, kurz – wie sie sich in einer reinen Männerwelt zurechtfände, bewege?

In der kurzen Pause bis zu ihrer Antwort sank Sophia tiefer in die Polster, beschwert von der eigenen Nichtigkeit. Düfte taufen!

Sie bewege sich in einer Welt – antwortete die Minensucherin, nun ohne Lächeln –, in der große Teile der Bevölkerung auf Krücken liefe, wenn sie überhaupt noch liefen; die meisten seien noch im Kindesalter, da würde die Frage nach Mann oder Frau gegenstandslos. Krüppel. Das dritte Geschlecht.

Das Unverstellte der Antwort trieb Sophia die Tränen in die Augen, und ihr fiel ein – mit einer Wucht, die den heißen Wunsch von damals erneut auflud –, wie sie als Kind, in dem Buch über Hunderassen, das sie zum zehnten Geburtstag erhalten hatte, den Berner Sennenhund auserwählt hatte: als Lebensgefährten und Mitstreiter. Mit ihm zusammen würde sie Verschollene und Verschüttete suchen und retten, an seinem Halsband befestigt, pendelte das Fäßchen mit Branntwein und das Erste-Hilfe-Köfferchen in vertrauenerweckendem Takt. Eines Tages hätten sie einen jungen Verwegenen mit schwarzem Haarschopf gefunden, bereits stark unterkühlt, mit Brüchen an beiden Beinen, den sie – einige Jahre später, nach gehörigen, durch die jeweiligen Familien und Schicksalsschläge aller Art erzeugten Schwierigkeiten – zum Mann nehmen würde. Der Appetit nach zuckrigen Lösungen bei dem Kind beträchtlich. Der Berner Sennenhund hieß übrigens Benno – auch was Eigennamen betraf, hatte sich ihr Geschmack sehr verändert. Er starb nach einem dramatischen Einsatz, die Barthaare an der Schnauze schon ergraut, und wurde von seiner treuen Begleiterin unter dem Birnbaum im eigenen Garten – weder das eine noch das andere war in Wirklichkeit vorhanden – begraben. Die nächste Erfindung galt neuen Familienmitgliedern; der Vater wurde durch einen Bruder ersetzt, der Geruch nach kaltem Rauch, der tief in den Fasern seiner kratzigen Anzüge festsaß, durch den nach Heu und dampfendem Pferdefell. Denn ihr Bruder und sie lebten – bis auf die Mahlzeiten – zwischen Pferdeboxen, Strohlagern und im gestreckten Galopp dem anderen zugerufenen Liebes- und Treueschwüren. Nach einem Jahr, mit knapp vierzehn, verließ sie die Kraft zur Korrektur unerwünschter Lebensverhältnisse durch wilde Behauptungen, und sie versteckte ihre Enttäuschung hinter Büchern. Ließ sich die Haare wachsen, bis ihr ein Pony den Blick zufriedenstellend verdunkelte. Eigentlich konnte sie Johannes' Begeisterung für Esperanto gut nachvollziehen, denn ihr war – etwa in dem Alter, als sie sich hinter Büchern und Haarmähnen von der Welt zurückzog – ein Buch in die Hände geraten, das im damaligen Rhodesien spielte (und das sie heute vermutlich als anrüchig empfände, aber damals spielte politische Korrektheit nicht die geringste Rolle) und auf den letzten Seiten ein Glossar hatte: die wichtigsten Vokabeln in Suaheli. Es erschien ihr wie das Alphabet einer Welt, zu der sie gehörte, es schien ihr, als würden in diesen vokalreichen Klängen ihre innersten Wünsche buchstabiert. Sie ignorierte die Bedeutungen, die in der rechten Spalte angegeben waren, und fand neue, passendere, die den Austausch zwischen ihr und den aufs neue erdachten Gefährten nicht nur erleichterten, sondern echten Seelenverkehr ermöglichten. Das war, anders als bei dem halbwüchsigen Zamenhof, natürlich eine völlig unpolitische Begeisterung, andererseits hatte sie im satten

Nachkriegsdeutschland Teilnahme an Politik und Geschichtsbewußtsein nie als lebensnotwendig erfahren. Die Republik war aufgebaut, jetzt galt es, sie durch Fleiß und Konsum zu stabilisieren. Ihre Familie war für den Fleiß zuständig. Im trägen, bewegungslosen Lesen und Fläzen lag eine wunderbare Aufsässigkeit gegen diese Bienenemsigkeit.

Sprache war für die halbwüchsige Sophia nicht das universale, friedensstiftende Verkehrsmittel zwischen feindlich gesinnten Gesellschaften oder Religionen und schon gar nicht subversives Verkehrsmittel, sondern der Rohstoff für den Wunsch nach Abgrenzung durch ausgeprägte Besonderheit. Das war ihre einzige Vision: eine zweite Seele auf derselben Frequenz zu erreichen. Über die Suaheli-Welle. Das Wohl der Menschheit hatte ihr weder mit vierzehn noch siebzehn noch später am Herzen gelegen. Das Wohl der Menschheit gab es nur kurz vor Weihnachten.

Sophia war tief in die klebrigen Polster der Couch gerutscht, das Räsonieren von Johannes ist ansteckend, dachte sie, kaum ist er weg, übernehme ich diesen Part. Die Schwüle war wie Aspik, in der die fruchtlosen Überlegungen eingebettet waren, hübsch anzuschauen, im Geschmack neutral, im Nährwert gering.

Die Minensucherin hatte die Zeit genutzt und über ihre Vorliebe für kurze Röcke gesprochen, nach der sie der Moderator gefragt hatte. Sehr sympathisch, wie sie abschließend feststellte, sie hoffe, mit der ausführlichen Antwort das Format des globalen Plauderstündchens bejaht zu haben; sie habe nicht den Ehrgeiz, den deutschen Fernsehnachmittag-Frieden als Guerillero zu stören, das – Guerillero – sei sie lieber anderswo. Und beim Bügeln schaue sie auch solche Sendungen.

Nebenan wurde es laut, Sophia sprang auf und legte ihr Ohr an die dünne Wand, kaum dicker als Pappmaché. Geschrei – sie meinte Annikas Weinen zu erkennen. Sie spürte ihr Blut rauschen, eine wütende Anspannung, die Bereitschaft, sofort zu ihrer Verteidigung einzugreifen – und sei es mit Fäusten. Dann schien es ihr, als wäre es doch die Geräuschkulisse aus dem Fernsehen, sie holte die Fernbedienung vom Tisch und begann sich durch die Programme zu zappen, um eine Übereinstimmung in Stimmen und Erregung zu finden. Irgendein schwerer Gegenstand fiel zu Boden, wieder Geschrei, zwei hohe Stimmen und eine tiefe.

«Annika!» Sophia schlug gegen die Wand und hatte das Gefühl, daß sie bei einem zweiten oder dritten Schlag nachgeben würde.

«Annika, hörst du mich?»

Das Geschrei schwoll an, Sophia schnappte sich den Wohnungsschlüssel vom Couchtisch und stürmte auf die Galerie. Sie klingelte Sturm an der Nachbartür und hörte nichts mehr. Dann – eindeutig – Stimmen aus dem Fernsehen, ein Cartoon. Sie lehnte sich mit ihrem ganzen Gewicht gegen die Tür, trommelt dagegen, rief Annikas Namen. Sie wünschte sich Johannes herbei, der ihr trotz seiner Sprachlosigkeit für solche Fälle gerüsteter schien als sie selbst. Sie rutschte mit dem Rücken die Tür hinab, ging in die Hocke und hielt inne. Ein Gefühl, als hätte sie getrunken, als wäre sie betrunken, als wäre sie selbst in Not. Sie blieb in der Stellung, auf den eigenen Fersen sitzend, wie jemand, der angeliefert worden war und dem abwesenden Adressaten nicht hatte übergeben werden können.

Als die Tür aufging, hatte sie schon längst nicht mehr damit gerechnet und kippte nach hinten vor Annikas Füße. Die schaute mit leuchtenden Augen auf sie nieder, stupste sie leicht mit dem Fuß an, als wolle sie Sophias Blick auf die Schuhe lenken.

«Schöne Schuhe hast du dir ausgesucht», sagte diese und rappelte sich auf. Der Schuhkauf hatte ihnen beiden ganz offensichtlich mehr eingebracht als nur ein Paar Schuhe.

Annikas Mutter erschien im Eingang. Den Verband hatte sie abgenommen, die Wunde selbst war noch mit einem Mullpflaster abgedeckt. Sie lächelte, machte eine auffordernde Handbewegung. Als Sophia stehenblieb, sagte sie: «Komm! Kaffee? Tee?»

Über einem geblümten Kleid trug sie eine Kittelschürze, die Sophia an ihre Großmutter erinnerte. An dieser Schürze, in deren Taschen immer gebügelte und mit Kölnisch Wasser besprengte Taschentücher gesteckt hatten, durfte man sich ungestraft ausheulen, den Rotz abwischen, den Sand und den Knetgummi. Sie roch nach vergangenen und kommenden Mahlzeiten – also Höhepunkten – und wurde einmal in der Woche durch ein anderes, ebenso wildgemustertes Exemplar ersetzt, das nach einem Tag in der Küche gottlob wieder genauso verheißungsvoll roch. Mit der Nase die unsichtbaren Bahnen der verschiedenen Düfte nachzufahren, dabei in der Umarmung zu verschwinden, verbarrikadiert hinter den großmütterlichen Armen – eine ganz und gar unzweideutige Erfahrung von Nähe war das. Kinderleicht. Der Körper der Großmutter verschwand einerseits hinter und unter der Kittelschürze, andererseits war er durch nichts gegenwärtiger als ebendiese: Ein Trost-Massiv.

Annikas Mutter hatte Sophia bei der Hand genommen und sie an den Tisch im Wohnzimmer geführt, Annika kam aus der Küche und trug zwei Tassen. Auf dem Tisch lagen Zeitschriften über Ingenieurswissenschaften und Elektrotechnik, soviel Kyrillisch konnte Sophia sich zusammenreimen. Wer die wohl las? Annikas Mutter? Ihr Zuhälter?

«Essen Sie, bitte», sagte Annikas Mutter auf deutsch und schob ihr einen Teller mit Gebäck zu.

«Haben Sie noch Schmerzen?» Sophia nahm sich einen Keks und deutete auf ihren Kopf.

«Nein, nein, Unfall, dummer Unfall.»

Annika zerbröselte die Kekse über dem Tisch und las dann die Krümel mit feuchtem Finger auf. Sie schaute von einer zur anderen wie ein Schiedsrichter, dem nichts entgehen darf.

«Spricht Annika Russisch?» fragte Sophia und fühlte sich sofort schlecht dabei. Ketzerisch, petzerisch.

Annikas Mutter stand auf und holte die Kaffeekanne. Sophia bildete sich ein, einen kurzen Wortwechsel in der Küche zu hören – aber das konnte gar nicht sein, die Küche war ein 4-qm-Kabuff, beim Hineingehen hätte sie bemerkt, wenn sich dort jemand aufgehalten hätte.

«Ja, ja», antwortete Annikas Mutter – im Ton einer Selbstverständlichkeit. Sie fand an der Frage nichts auszusetzen.

Ein Windstoß kam durch die offene Balkontür, so warm, als hätte die zuständige Gottheit einen gewaltigen Fön eingeschaltet, als wäre die Welt ein Friseursalon, in dessen heißer, schwangerer Luft sich alle fürs Überleben stylen ließen.

«So klamm, dieser Mai», sagte Sophia, nippte am heißen Kaffee, spürte den Schweiß die Wirbelsäule hinunterrinnen, zusammen mit diesem dummen Satz, den sie selbst nicht verstand.

Sie lächelte Annikas Mutter über den Tassenrand zu und sagte: «Sophia.»

«Raissa», antwortete sie und hob ihre Tasse.

«Wie die Frau von Gorbatschow!» Sophias rief das so erstaunt, daß sie selbst lachen mußte.

«Normaler Name.»

Sie schenkte nach, Annika stand auf, ließ sich vor dem Fernsehgerät fallen. Für ihr Spiegelbild auf dem dunklen Bildschirm schnitt sie Grimassen.

Da, wo in der Nachbarwohnung das Foto von Heidi Klum gehangen hatte – auf dem Ehrenplatz über der Couch –, hing in dieser Wohnung ein Gemälde von Menzel, *Fronleichnamsprozession in Hofgastein, 1880* stand darunter. Rätselhaft, die Organisation des Wandschmucks in den Appartements. Vielleicht hatten die ersten Gäste ihre ungeliebten Besitztümer – Weihnachtsgeschenke, Erbstücke – vor dreißig Jahren spenden dürfen, also zum Nulltarif entsorgen. Eine Art Deko-Müllkippe, das einstige Utopia. (Hier bremste sich Sophia, schuldbewußt, als hätte Johannes sie hören können. Du verallgemeinerst, hätte er eingewandt, aus reiner Freude an Polemik, nicht aus echter Skepsis.)

Auf dem Gemälde viel Pomp, Luthers Einwände gegen das *schädlichste* Fest leuchteten auf den ersten Blick ein. Unter einem riesigen samtenen Baldachin die Würdenträger mit der bluttropfenden Hostie, das schicke Hofgastein in den vorderen Reihen, prächtige Gewänder, katholischer Protz. Fahnen, Weihrauch, Barock unter sahnigem Himmel, überhaupt: alles sehr fetthaltig. Leib Christi, von allen geteilt. Anzüglich, dieser Katholizismus. Als Duft: betörend. Und hier, in diesem Wohnzimmer, gänzlich verfehlt. Obszön inmitten der Dürftigkeit, die den Bewohnern deutlich signalisierte, daß ihnen mehr als die wenigen zerschlissenen Möbel nicht zustände.

Sophia wandte ihren Blick vom Gemälde ab und Raissa zu, die ihr Schweigen mit Gleichmut hinnahm. Seltsamerweise – keine von beiden fühlte sich unwohl. Sie wechselten einige Sätze über Annika, Sophia lobte sie, und ihre Mutter bedankte sich. Aus der Nähe betrachtet, wirkten die Narben im Gesicht weniger bedrohlich, sie sah jünger aus – sie sah so jung aus, wie sie vermutlich war. In die Stille brach das schrille Turbinengeräusch von Flugzeugen, weit oben am Himmel, die Kondensstreifen der Fluglinien kreuzten sich, da, wo sie bereits milchig zerfaserten.

«So viele Menschen», sagte Raissa und wies nach oben, «alle wollen Glück. Deshalb Reise. Oder Flucht.»

Mit einer Art zynischen Wehmut wünschte sich Sophia, sie hätte recht. Und es säßen nicht vor allem moderne Missionare, Geschäftsleute, in den Sitzschalen, das Geld, um das es in den Meetings gehen würde, selbst längst in weltumspannenden Strömen unterwegs. Die dunklen Socken, die gelockerten Schlipse, die Financial Times, der Drink, von der jüngsten und hübschesten Flugbegleiterin gereicht, die in den hinteren Flugzeugbereichen den Passagieren auf Suche nach Beinfreiheit in der qualvollen Enge auch mal auf die Füße trat, ohne sich zu entschuldigen. Hoher Blutdruck, zu hoher Blutdruck, wohl wahr, dafür einem Kreislauf zugehörend, der Belebung verhieß. In der Freizeit trug man andere Hosen und das Hemd bis zum dritten Knopf offen. Von wegen Glücksritter. Nur Todesangst würde es schaffen, eine Verbündung, eine gemeinsame Zeiterfahrung unter den Passagieren herzustellen: das letzte Stündlein. Gezählt, gezählt, gewogen und geteilt. Und alle Menschen werden Brüder.

Als Sophia aufstand, legte ihr Raissa eine Hand auf den Arm, lächelte, Annikas Lächeln. Sophia sagte: «Kommen

Sie doch zum Abendessen zu uns, mit Annika», und der Satz war längst zu Ende, als ihr bewußt wurde, daß sie die Einladung wie in Trance ausgesprochen hatte. Oder in großer Verlegenheit.

Auf den neuen Karten war nicht einmal mehr die ehemalige Lage des Galmeiwerks verzeichnet. Johannes fuhr durch die Straßen des Wohnviertels, das nach seiner Berechnung dort errichtet worden war, wo früher die Halde gewesen war. Nichts rührte sich, auch hier in den Gärten wieder die erschreckende Akkuratesse, die Sophia und ihm aufgefallen war. Vermutlich fuhren die Bewohner dieser Häuser morgens nach Aachen, Lüttich oder Eupen und kehrten abends zurück, harkten einmal durch den Kies, gossen die Plastikblumen und fütterten die versteinerten Katzen.

Johannes fuhr im Schrittempo mit offenen Fenstern, den Ellbogen des Arms auf den Rahmen gestützt, wie ein Polizist auf Patrouille. Musik aus dem Radio, dazwischen aufgekratzte Moderatoren im Singsang-Deutsch. Was hatte Sophia gesagt? Saarfränkisch? Limburgisch war das, nachher würde er es ihr sagen. Oder auch nicht. Unverbesserlicher Oberlehrer. Als er ihren Namen dachte, seufzte sein Körper.

An der nächsten Kreuzung stand am Straßenrand ein Dreirad, am Lenker baumelte eine Spielzeugpistole. Johannes hielt an, schlug die Autotür hinter sich zu und schaute sich um. Ein kleines Mädchen kam aus dem Hauseingang zu seiner Rechten, stürzte zum Dreirad, schnappte die Pistole und zielte auf ihn. Johannes hob die Hände und entfernte sich, rückwärts gehend. Irgendwann winkte er ihr, die noch immer mit ausgestreckten Armen die Waffe hielt, das eine Auge fachmännisch zugekniffen. Einem Kollegen im Hinterhalt, den Johannes nicht sehen konnte, machte sie Zeichen: Entwarnung. Harmloser Fußgänger. Großvater.

Johannes ging die Straße, die sich als Sackgasse herausstellte, bis zum Ende, daran schlossen sich noch unbebaute Grundstücke an. Er kickte mit dem Fuß den Müll vor sich her, Dosen, Kondome, Papiertüten, eine Spritze, die Kunstschnee-Brösel von Styropor. Dazwischen blühten der Spitzwegerich und Veilchen im unverschämt samtig-dunklen Lila katholischer Würdenträger-Gewänder. Um dieses Stückchen Wiese hatte man sich fünfzehn Jahre lang gestritten. Holländische und preußische Entsandte, Staatsbeamte, Diplomaten waren sie auf und ab geschritten, als würde sich daraus ein Grenzverlauf zugunsten des jeweilig eigenen Landes zwingend ergeben. Hatten Monokel und Taschenuhren gezückt, üppig getafelt und sich hinter Zigarrenwolken zurückgezogen, unter Umständen erschrocken über die große Ähnlichkeit mit den anderen.

Johannes ging in die Hocke: Auf einmal wuchsen andere Pflanzen zu seinen Füßen, etwas Gelbblühendes, daneben anemonenartige Sternblüten in Rosa. Er untersuchte sie, aber die Erinnerung an die Pflanzenbeispiele im Museum war nicht sicher genug, um zu sagen: Hier handelt es sich um ein Galmeitäschel, dort um einen Schafschwingel. Er begann vorsichtig zu graben, die Erde locker und krumig. Vielleicht besaß Sophia einen Balkon und Balkonkästen, dort könnte sie einpflanzen – Galmeitäschel, Schafschwingel und Frühlingsmiere –, was er ihr mitbrachte. Die Vorstellung, daß sie etwas zum Gedeihen brachte, das mit ihm und dieser Reise zu tun hatte, erfüllte ihn mit Zuversicht. Er bemühte sich, die Wurzeln nicht zu verletzen und einen möglichst großen Erdballen mit bloßen Händen auszugraben. Wenn es diese besonderen Gewächse waren, so würden sie den besonderen Boden brauchen zum Überleben. Oder sie schafften es, in anderer Erde heimisch zu werden und das Fehlen von Zink durch eine neugewählte Blütenfarbe auszugleichen.

Der Schweiß lief ihm in die Augen, brannte. Mit dem Handrücken versuchte Johannes, ihn abzuwischen, ein paar Krümel Erde fielen ihm auf die Lippen. Ein eigenartiger Geschmack und noch eigenartiger die Vorstellung, daß er über den Hautkontakt mit zweierlei Geschichte in Berührung kam, der geologischen und der historischen. Er hatte das zweite Pflänzchen fast ausgebuddelt, als er auf ein Stückchen Papier stieß. Bedruckt, wenn auch fast unlesbar, feucht und brüchig, aber – vielleicht durch irgendeine Substanz im Boden daran gehindert – doch nicht ganz verwittert. Man konnte sogar noch kleine Zacken einer Abreißkante erkennen. Es war eine Eintrittskarte, die Aufschrift, soweit Johannes sie entziffern konnte, in Esperanto:

!Esperanto! «LA VERDA STANDARDO», darunter der Eintrittspreis, unlesbar.

Johannes richtete sich auf, beglückt wie ein Archäologe, der nach vergeblichem Suchen doch noch belohnt wird. Auch eine ausgleichende Gerechtigkeit dafür, daß es ihm in seiner Kindheit nie gelungen war, die von ihm erwählten Geheimverstecke ein zweites Mal ausfindig zu machen. Unter den verlorenen Schätzen waren einige Klicker, ein Fetzen Stoff, der der damaligen Angebeteten im Stacheldraht hängengeblieben war (auf der Flucht? Vielleicht sogar vor ihm? Der, im Unterschied zu ihr, hören konnte? Er wußte es heute nicht mehr, er wußte nur noch: blau kariert, blau auch ihre Augen). Und ein grüner, fünfzackiger Esperanto-Stern, den ihm ein Nachbar, Esperantist, geschenkt hatte, mit den Worten: Das ist die Zukunft, mein Junge. Heb sie gut auf.

Das Kind Johannes hatte keine Ahnung, was ein Esperantist war. Aber es liebte den Klang des Worts. Es hörte sich nach Ferne und Ausweg an, nach Musiker – Posaunist – oder nach Artist aus dem Zirkus. Solche Lebenspläne deckten sich durchaus mit seinen, und er wußte, daß er sie besser für sich behalten müßte. Deshalb hütete er den Stern und vergrub ihn schließlich, aus Furcht, er könne seine ketzerische Botschaft preisgeben.

Nach zwei Haushälterinnen hatte der Vater wieder geheiratet, eine Lehrerin der Schule, die Johannes seit dem Tod der Mutter besuchte. Sie hörte auf zu arbeiten, war fröhlicher als die Mutter, nahm die Vorhänge und damit die Düsternis ab und ließ die Wände neu streichen. Die Aschenbecher kamen auf das oberste Regal im Küchenschrank, an das die beiden nachgeborenen Brüder nicht heranreichten. Er hatte keinen Namen für die neue Frau in den alten vier Wänden, was nicht weiter auffiel bei einem Kind, das nicht sprach. Jedenfalls hatte sich ihre – ebenfalls fröhlich verkündete – Prophezeiung «der wird mal Bibliothekar, so wie der liest!» fast bewahrheitet. Die Platten der Mutter, die Requien, Messen, Stabat mater, Kantaten und Oratorien blieben ungehört, aber jahrelang schien es Johannes, als würden die Wände sie widerhallen, in unverbesserlicher Todesentzückung. Und der Geruch nach Nikotin blieb ebenfalls, er steckte in den Ritzen und Poren der Wohnung und behauptete sich auch in den neuen Verhältnissen als unkündbarer Untermieter.

Das Lärmen der jungen Geschwister vervielfachte die Stille von Johannes. Er empfand seine Anwesenheit als gespenstisch, die Mutter hatte aus ihm ein Gespenst gemacht.

Seine Freiheit reichte gerade so weit, sich gegen das Rauchen entscheiden zu können, andere Musik und andere Himmelsrichtungen als sie zu bevorzugen. Aber er saß dennoch in der Falle. Und äußerte sich nicht dazu, sondern verleibte sie sich ein.

Seine Sanftmut wurde gerühmt und seine zarte Haut (ganz die Mutter, bis in die Sommersprossen), er galt als der ideale Babysitter der kleinen Brüder und der Kinder der jungen Paare, die seine neu zusammengesetzten Eltern nun zu Freunden hatten. Man lobte ihn wie einen Abwesenden, man machte sich Sorgen um seine Zukunft und übersah dabei seine Gegenwart. Ohne Stimme wird man auch nicht gesehen.

In Schmerz oder Lust versuchte er, sie sich wieder zu entlocken, aber mehr als ein Grunzen, wenn er sich entlud oder schnitt oder mit dem Hammer auf den Daumen schlug, produzierte er nicht.

Nur in den Lektüren, im Geschriebenen fand er sich zurecht, da mischte sich seine unhörbare Stimme unter die anderen unhörbaren Stimmen, er war so lebendig wie die anderen Buchstaben. Als Figur konnte er sich sogar leiden: Seinem Autor war eingefallen, ihn sprachlos zu machen, die Frauen sprachen für ihn. Was wurde nicht alles zur Mitteilung! Jeder Makel macht den Körper erfinderisch.

Er mußte lachen bei dem Gedanken, daß für ihn die Welt schon lange ein virtueller Chatroom war – lange bevor es das Internet gab. Durchaus konnte man das Stimmengewirr, das daraus ertönte, als auferlegte Strafe verstehen.

Er packte die Pflanzen mit Erdballen vorsichtig in sein Taschentuch, die Eintrittskarte zwischen zwei Geldscheine. Schwachsinn, diese letzte Überlegung. Johannes in der Schmollecke. Er schüttelte sich leicht, wischte die Hände an der Hose ab und ging in noch immer drückender Hitze zum Auto zurück. Wie klein sind die Erschütterungen, mittels derer wir uns unserer Anwesenheit vergewissern, dachte er, und welch ungeheuer präzise Instrumente haben friedliche Zeiten und Wohlstand hervorgebracht, auch noch die feinsten Reaktionen auf diese Erschütterungen zu vermessen.

Das Dreirad lag umgestürzt auf der Seite, die ganze Gegend eine verlassene Kampfzone. Er hätte sich nicht gewundert, wenn eine plötzliche Böe Dornenbüsche über den öden Platz gefegt hätte. Das Weinen der Geschichte. Utopie im Soll. Der eigene Kopf kam ihm vor wie ein stillgelegter Rangierbahnhof mit lauter abgehängten Gedanken. Die er dennoch unermüdlich hin und her schob, als könnten sie noch einmal etwas in Bewegung setzen. Den Bahnhof verlassen und auf weiterführenden Gleisen Verbindungen schaffen, sich kreuzen mit anderen. Kann es sein, daß Ideen einfach aussterben? Nicht bestimmte Ideen, sondern: Ideen zu haben. Er schaute sich noch einmal um: *La vieille montagne*, weg, verschwunden, abgetragen. Im Innern ein ausgehöhlter Bauch. Würde man sich heute noch um Zinkerz prügeln? Wohl kaum. Promoviert zu Bauerwartungsland. Als er sich den Häusern näherte, wehte der Gestank von Rindenmulch zu ihm hinüber. Eigentlich mochte er ihn gern, hier aber bekam er etwas Fauliges und Ranziges. *Und alles Fleisch es wird zu Gras.*

Er legte die Pflanzen in den Staub, riß sämtliche Autotüren auf; die Hitze kam ihm in einem Schwall entgegen, drückte sich gegen ihn wie ein Körper. Wie der üppige Körper der blonden Frau mit der rahmigen Haut, die Hexlein gerufen wurde. Sophia hatte recht, es war ein merkwürdiges Paar. Auch anziehend.

Er öffnete den Straßenatlas von Ostbelgien und setzte die beiden ausgegrabenen Blümchen, die mittlerweile sehr kläglich aussahen, auf den Beifahrersitz. Hoffentlich schenkte ihnen Sophia einen geneigten Blick, unter jedem anderen würden sie wahrscheinlich auf der Stelle vollends verwelken. Der Fahrtwind trocknete den Schweiß. In ihm lag etwas leichtfertig Sommerliches, das Johannes erneut in Erregung versetzte. Eine Aufladung, die das ganze Weltall einschloß, Geschlechtsreife in der Luft, alles organisch, alles verderblich, alles endlich. Und lustvoll. Und die Kulisse der aseptischen Einfamilienhäuser Lügen strafend.

Bei der Familie, in der er als pubertierender Austauschschüler einmal in St. Louis gewesen war – selbstverständlich war auch der Sohn der Gastfamilie gehörlos –, hatte die Mutter täglich alle Oberflächen mit Ammoniak gereinigt und mit einer Miene von *germs* gesprochen, als bedeute bereits der Klang des Worts eine Verschmutzung. Zunächst hatte Johannes angenommen, sie spräche von den Deutschen, *germs* eine Abkürzung von *Germans*, und es hatte ihn im Innersten gelähmt. Nach und nach begriff er, daß sie von Bakterien sprach. Aber der Schreck blieb. Und eine große Sorgfalt beim Beseitigen der Taschentücher, die er jede Nacht vollspritzte, ihren Hintern vor Augen, wie er sich vor Anstrengung wölbte, wenn sie auf der Jagd nach *germs* auf allen vieren durchs Haus kroch.

Verrückt, wie Erinnerungen zurückkehrten. Es muß der Geruch des Rindenmulchs gewesen sein und vielleicht auch die Begegnung mit Hexlein. Blond jedenfalls war die Gastmutter auch gewesen, und sie hatte – bei aller zur Schau gestellten Reinlichkeit – etwas Nachlässiges in ihrem Gang, ihrer Kleidung, ihrem, wie Johannes nur vermuten konnte, Körper. Sie hatte eine Art, sich die Handflächen nach den Putzaktionen am Rock abzuwischen, indem sie die Linie der Oberschenkel an der Innenseite nachfuhr, lasziv, vom Punkt ausgehend, der weiter keinen Namen trug als Punkt – Johannes mußte sich abwenden und auf die Nacht warten in dem amerikanischen Bett, das so hoch war, als müßten noch Gespenster darunter Platz finden. Der Sohn hatte einmal nachgehakt, ob Johannes seine Mutter möge; Johannes hatte hastig und kräftig genickt, ja, sehr, ihre Sandwichs seien – und dann irgendeinen Superlativ. Abends, beim gemeinsamen Fernsehen, machte sie es sich gemütlich, legte ihre nackten Füße in den Schoß des Familienvaters, manikürte ihre Fingernägel, trug Masken auf Gesicht und Dekolleté auf. Der Sohn durfte die Halskette lösen und manchmal ihre Schulterpartie massieren. Dabei gab sie kleine Geräusche von sich, die zwischen Schmerz und Behagen lagen.

Sogar die Luft wurde weiblich.

Johannes zog es an vielen Abenden vor, die Straßen des ruhigen Wohnviertels abzugehen, durch die erleuchteten Fenster anderen beim Leben zuzuschauen, sich über die Größe der Mülltonnen zu wundern und die – oft bis abends – ungelesenen Zeitungen in den wasserdichten Hüllen. Sie lagen auf den Rasenflächen vor den Häusern wie hingeworfene Knochen.

Das schönste an seinem Amerika-Aufenthalt war die Erfahrung von Heimweh. Er hatte nicht gewußt, daß es etwas zu vermissen gab. Hier fehlte ihm der Blick aus seinem Fenster, es fehlten Wurst, Käse und Brot, und es fehlte die Angehörigkeit. Auch die zu allem Mangelhaften und Fehlenden. Er hatte seine Anwesenheit in der eigenen Familie als Ergebnis einer Willkür angesehen, nun, in der fremden Familie auf der anderen Seite des Atlantiks erkannte er (wenn auch ohne Ausdruck für diese Erkenntnis), daß in der Willkür auch etwas Befreiendes lag. Und wenn er so aus der Not eine Tugend machte – um so besser, das war ihm an Ort und Stelle nicht gelungen. Hier – das galt für die Stadt, für ihre Ansichten und ihre fladenartige Ausdehnung, ihre ruinösen Einöden, ihre Parks, ihre teuren Viertel und ihre herzlosen Einkaufszentren ebenso wie für die Familie – konnte er sich nichts merken. Die amerikanische Familie hatte eine zelluloidartige Verfassung; so als wären von ihr mehrere Kopien in Umlauf. Seine Familie in Deutschland, in ihrer ganzen verqueren Ungestalt: die konnte er sich merken.

Er hatte seiner Mutter nie die Halskette gelöst oder ihre verspannten Schultern massiert. Und jetzt wünschte er es sich auch nachträglich nicht mehr. Fleisch von niemandes Fleisch.

Es war die Zeit des Vietnamkriegs. Filme darüber noch ein Jahrzehnt entfernt. Der Schüler Johannes sah voll Empörung die Berichterstattung im Fernsehen, die qualmenden Dörfer, die schwarz verbrannten Urwälder, die Maulhelden in Washington.

I like to do it while they talk about Viet Nam. It makes it sexier, right?

Das hatte er irgendwo aufgeschnappt, in einem Buch, an dessen Titel oder Inhalt er sich nicht mehr erinnerte, er, der es noch nie irgendwo getrieben hatte, auch sprachlich überforderte ihn das Buch völlig, aber er erinnerte sich an dessen inbrünstige Wut. Die hatte ihm gefallen, die hatte ihm gutgetan, in ihr war er auf eine Schwingung gestoßen, die seiner eigenen Frequenz entsprach. Von der er so erfuhr.

Er kehrte nach Hause zurück mit dem Gefühl, tatsächlich etwas gelernt zu haben. Die Größe, die Anlage und das

Amorphe an Amerika, an der Stadt, in der er gelebt hatte, ja, selbst die Größe der Straßenkreuzer hatten ihm bewußtgemacht, wie sehr soziales Verhalten an Raum gebunden war. Auf engem Raum muß man mit dem anderen rechnen, mit ihm umgehen lernen, mit seinen und den eigenen Wünschen, die immer Platz brauchen, haushalten. In den unendlichen Weiten des fremden Lands war das ziemlich überflüssig, die Straßen bekamen so viele Spuren, daß kaum jemand blinkte, um seine Richtung anzuzeigen. Die Möglichkeit der unbegrenzten Ausdehnung – warum sollte sie sich auf Amerika allein beziehen? Kein Trauma hinderte es daran.

Amerika ist ein Land, in dem sich alle breitmachen. Das hatte er damals in sein Tagebuch geschrieben, er erinnerte sich auch heute noch an seinen Stolz auf die Formulierung. Ein paar Jahre noch hatten er und Jeff, der Sohn, Briefe gewechselt, einmal schrieb er, daß die Eltern sich scheiden ließen und er bei der Mutter bliebe. Dann schlief die Korrespondenz ein. Und Johannes dachte ohne Erregung an die blonde Frau zurück. Den Geruch ihres Parfums, ihrer Körperlotion und Handcreme, ein medizinischer Geruch, nach Apotheke und Desinfektion und, ganz schwach, nach Butter, behielt er noch lange.

Als Johannes an der Baustelle vorbeifuhr, nach der man zu den *Vacances Royales* abbiegen mußte, verspürte er eine unbändige Freude auf Sophia. Beschleunigter Herzschlag. Auf ihren belustigten Blick, ihre warme, gebräunte Haut, ihren Gang. Energisch zwar, aber doch immer ein wenig zögernd, als müßte sie reiflicher über den eingeschlagenen Weg nachdenken, als ihr Schwung es zuließ. Ein Widerspruch, der ihn hinriß. Er warf einen Blick in den Innenspiegel und sah, daß die Blumenerde und der Schweiß sich am Haaransatz verklebt hatten. Im Handschuhfach fand er eine angebrochene Packung Taschentücher, er wischte sein Gesicht ab und roch in dem Tuch schwach Sophias Duft. Die Packung hatte wahrscheinlich in ihrer Tasche gelegen und dort in der Nachbarschaft ihres Parfums. Er vertiefte sich in das Stück Zellstoff, das ganze Gesicht damit bedeckt, die ungeheuerliche Vergegenwärtigung einer Abwesenden.

Er trug die Pflänzchen wie Hostien in der hohlen Hand, ein Gewitter schien aufzuziehen und kündigte sich in scharfen Böen an. Der Parkplatz war voller als an den Vortagen, einige deutsche Nummernschilder waren darunter, meist von Lieferwagen. Zur Anlieferung von Schwarzarbeitern, dachte Johannes, jetzt wo Sophia nicht da war, um einen solchen Verdacht zu äußern. Wie schnell man lernt, mit den Augen des anderen wahrzunehmen, jedenfalls dann, wenn der oder die andere den eigenen Puls beschleunigte, Fragliches selbstverständlich werden ließ und Selbstverständliches fraglich. Das war der Fall. Er schritt die Treppen hinauf, wich der noch immer klebrigen Bierlache aus, strich sich noch einmal die Haare aus der Stirn, fuhr prüfend mit der Zunge über die Schneidezähne, wünschte sich, er hätte ein Kaugummi dabei. Lachte über die kleinen Zurichtungen in Vorbereitung auf die bevorstehende Umarmung: schöne Hemmungen, der Neuheit geschuldet, die Überwindung nicht ganz gewiß.

Er fand die Wohnungstür angelehnt, Sophia in der Küche mit schweißnassem Haaransatz, auf der Kochplatte zwei Töpfe, die kaum nebeneinander Platz fanden.

«Wir erwarten Gäste», informierte sie ihn und entzog sich gleich seiner einseitigen Umarmung, «ich muß mich beeilen.»

Dann bemerkte sie die Pflanzen, die er die ganze Zeit über in der rechten Hand gehalten hatte.

«Was schleppst du da an?»

Johannes blieb ihr eine Antwort schuldig, irritiert von ihrem Ton und resigniert angesichts der Unmöglichkeit einer Erklärung ohne Niederschrift. Auf dem Balkon fand er einen Blumentopf mit Erde, da hinein setzte er die beiden mickrigen Schößlinge und goß sie. In dem Wasser, das sich sofort staute, schwammen sie wie zwei Wasserleichen. Wie hatte er je annehmen können, daß sie auf Sophias Terrasse prächtig aussehen würden? Und daß Sophia bei ihrem Anblick in wehmütiger Erinnerung schwelgen würde?

Er kehrte in die Küche zurück.

– Wer kommt eigentlich?

Sophia erzählte ihm von ihrem Besuch bei Annika und ihrer Mutter, hastig, nervös, wischte dabei über die Arbeitsflächen neben dem Herd, hob die Deckel der Töpfe an, cremte sich die Hände ein – ihre Bewegungen schienen fahrig, unbestimmt, als folgten sie einer Aufforderung, deren Sinn sich auch ihr nicht erschloß. Als es klingelte, zuckte sie zusammen, sagte dann aber: «Endlich!» und ging, die Hände an der Hosennaht abwischend, zur Tür. Johannes hörte Stimmen, dann schoben sich ihr Vermieter und eine Frau, vermutlich seine Frau, durch den engen Flur in die Küche. Sie waren beladen mit einem großen Topf, einem Brotmesser, Tellern und Dessertschüsseln.

«Die stehlen wie die Raben», sagte der Mann, «man kann nichts in der Küche lassen, selbst die Glühbirnen wurden schon herausgeschraubt.»

Er sah Johannes erwartungsvoll an, der seiner Frau Teller und Schüsseln abgenommen hatte und in den Schränken nach Unterbringungsmöglichkeiten für diese suchte.

«Mein Mann ist gehörlos», sagte Sophia und schob sich zwischen die beiden, «er liest von den Lippen ab. Sie können sicher sein, daß wir Ihnen die Küche nicht ausräumen.»

Der Mann unterbrach sie mit der Bemerkung, daß er in all den Jahren eine unglaubliche Menschenkenntnis gewonnen habe, er wisse, wem er seine Kristallgläser anvertrauen könne und wem nicht. Dann fügte er mit einem verschwörerischen Grinsen hinzu: «Read my lips – kennen Sie das noch?»

Seine Frau zog ihn am Ärmel und sagte so etwas wie «Erich, laß es gut sein», aber da hatte Johannes schon mit Gebärden, die an Karateschläge erinnerten, die Antwort gegeben: der alte Bush. Und jetzt verpißt euch.

Sophia zog den Kopf leicht ein, dann nickte sie ihm zu und faßte ihn an. Er spürte den Druck ihrer Fingerspitzen, beschwörend, aber auch verbündend, und er nahm ihre Hand und drückte einen Kuß in ihre Innenfläche wie ein Siegel, roch dabei, was sie geschnitten hatte – Sellerie, Knoblauch –, und darüber die Creme: Aloe Vera.

«Was gibt's denn Gutes bei Ihnen heute abend?» fragte die Frau, ohne auf Johannes' Gefuchtel einzugehen – das gehörte sich nicht –, und hob prüfend die Nase in die Luft, als müsse sie Vorbereitungen treffen, die Antwort im Notfall zu korrigieren.

«Auf jeden Fall Nudeln», sagte Sophia, die es nicht schaffte, unhöflich zu sein, und hoffte, daß die Dürftigkeit ihrer Antwort genug Abwehr signalisierte.

Aber die Frau, mittlerweile bei ihrem Mann eingehakt und die Küche damit ganz ausfüllend, hatte anscheinend beschlossen, mit den Mietern einen kleinen Plausch zu halten (die wenigsten sprachen schließlich Deutsch), und ließ nicht locker. Pasta! Ein Segen! Und wenn Italien auch sonst nicht viel geleistet hätte, mit der Mafia und den tausend Regierungen und dem Dolce far niente, aber Pasta und Pizza. Dafür kämen sie in den Himmel, die Italiener. Sie wisse, wovon sie spreche! In erster Ehe mit einem Italiener verheiratet gewesen, Süditaliener, Erich – sie zog ihn mit der Miene einer Verschwörerin noch näher an sich – wäre entsprechend auf die italienische Küche nicht so gut zu sprechen. Kann man ja verstehen.

Johannes hatte, noch während sie sprach, das Fernsehen eingeschaltet, blieb vor dem Gerät stehen, den Rücken zur Küche, die Fernbedienung in der Hand wie eine Waffe. Kein Wort kam ihm über die Lippen, wütender Stau.

Der frisch gewählte Papst Benedikt erschien auf dem Bildschirm, das eigentümlich jugendliche Gesicht sorgenvoll verzogen.

«Sie müßten Ihre Internetseite aktualisieren», hörte er Sophia sagen, «die meisten Angaben treffen gar nicht mehr zu. Es gibt kein Schwimmbad, zum Beispiel.»

Ihre Stimme bebte, vor Anstrengung im Ausgesprochenen das Unausgesprochene unterzubringen. Erich löste sich aus der Umklammerung seiner Frau, wischte die Brillengläser mit sorgfältigem Nachdruck sauber und bemerkte, daß das Preis-Leistungs-Verhältnis aus seiner Sicht in Ordnung sei.

«Man muß sich anpassen, es gibt Tourismus, und es gibt Arbeitslosigkeit. In manchen Orten treffen sie aufeinander. Und überleben müssen wir alle.»

Der Papst sprach über seinen Bruder, im Singsang der Geistlichkeit, den Scheitel streng gezogen. Johannes fragte sich, ob das sein persönlicher Diener für ihn übernahm, wie auch das Ankleiden selbst. Und warum man bei Inhabern öffentlicher, repräsentativer Ämter mit einer solchen Lust und Pünktlichkeit versuchte, sich vom Alltäglichsten, von der Körperlichkeit und der daran geknüpften Bedürftigkeit eine Vorstellung zu verschaffen. Die eigenen Lehrer nackt auftreten zu lassen: sehr offensichtlich, der Wunsch nach Machtenthebung und Beraubung aller Insignien, auf die sie ihre vermeintliche Autorität stützten. Aber es gab ja auch umgekehrt den Wunsch nach Anerkennung von Macht und entsprechend nach Verehrung ihrer Inhaber und der Rituale, die deren Anspruch auf Macht bestätigten. Unverständlich. Einem solchen Popanz die Regie über das eigene Leben zu überlassen, bis hin zu den persönlichsten Entscheidungen. Johannes schaltete inmitten der vernünftigen Klage über den religiösen Unfrieden in der Welt und seine ökonomischen und politischen Ursachen weiter, angewidert von der Selbstgefälligkeit des Katholizismus, der sich in seinem höchsten Vertreter so gebärdete, als hätte er, im Verein mit dem Islam, dieselben Einwände (wenn auch andere Strategien) gegen das Verruchte der westlichen Welt. Aber auch angewidert von seinem eigenen Hang zum Räsonieren. Wohlfeile Aufregung. Was kümmerte ihn der Papst. Die Vermieter, das Pächter-Monsterpaar, regten ihn auf. Mit ihnen fühlte man sich sofort am Stammtisch.

Draußen war schon wieder die Hölle los, Gekläffe und Geschrei, vermutlich die Alkoholikerin mit ihrem Hündchen, das irgendein rabiater Artgenosse angriff. Einige der jungen Männer mit gutentwickeltem Bizeps besaßen Hunde, denen man lieber nicht ohne Leine begegnen wollte. Sie stemmten sich bei jedem, der ihnen entgegenkam, blutrünstig in ihre Halsbänder, als witterten sie schon den warmen Saft. Die Anspannung des verhinderten Sprungs in den Muskeln der Hinterläufe zu sehen.

Sophia hatte auf den sentenziösen Kommentar ihres Vermieters nichts mehr erwidert, sondern sich stumm den Töpfen zugewandt. Mit den Worten «nehmen Sie sich nicht alles so zu Herzen» waren die beiden gegangen.

Sie rief Johannes, der mit finsterem Gesicht in die Küche zurückkehrte, und drückte ihm einen Stapel Teller in die Hand: Tisch decken, Stühle abwischen, Servietten nicht vergessen, lachen auch nicht. Sie hob mit einem Finger sein Kinn an, wie eine Mutter, die ihr mißlauniges Kind ermuntert.

Ihre Geschäftigkeit war wohltuend, ihr Schweiß auch. Er stellte die Teller wieder ab, freute sich über ihren Protest, blies ihr über den Nacken, daß die Härchen sich aufstellten. Aus dem Kühlfach nahm er zwei Eiswürfel.

– Schließ die Augen.

«Annika und ihre Mutter kommen gleich.»

– Kurze Abkühlung.

Aber da hatte sie die Augen tatsächlich schon geschlossen und verstand ihn nicht mehr.

Er fuhr mit dem Eiswürfel über ihr Schlüsselbein, den Hals hinauf, hinter die Ohren, über die Kehle, den Ausschnitt des T-Shirts entlang. Über die Zunge, als sie sich zeigte (und sofort, entsetzt, zurückzog). Dann die Innenarme entlang, am Puls, in kleinen, kreisenden Bewegungen.

«Mehr! Das hat meine Großmutter manchmal gemacht – ich meine, nicht mit Eis, mit den Fingerspitzen. Dazu einen Kinderreim aufgesagt. Ein überaus sanftes Kitzeln, bei dem man auf der Stelle jede Fassung verlor, ein Schlaflied, eine Nachtmusik ohne Musik. Streng rationiert das Angebot: So blieb die Nachfrage gewaltig.»

Er nahm die andere Hand, jetzt stand Sophia vor ihm wie

das Sterntaler, beide Hände ausgestreckt. Er fuhr mit dem Eiswürfel unter ihr Hemd, ein Aufschrei; als sie begriff, daß er etwas schrieb, zog sie den Bauch ein.

– Ich…

Sie öffnete die Augen, zog das T-Shirt hinunter, nahm sein Gesicht zwischen ihre Hände: «Ich habe auch Hunger.»

Sie verharrten kurz in der kuriosen Stellung, Blick in Blick wie zwei Sumo-Ringer, und Johannes formte mit den Lippen seinen Satz zu Ende. Sophia nickte.

Als er die Teller auf dem Tisch verteilte, das Besteck anordnete, die Servietten faltete, dem Fischreiher nachschaute, der mit würdevoll gemachen Flügelschlägen über die Baumwipfel zog, hätte er auf die Nachfrage, was für ihn Glück sei, eine Antwort gewußt.

Tarnów, Tarnów! schrie unten die kleine Frau und schwenkte eine Flasche. Sie vollführte eine Pirouette, die sie fast das Gleichgewicht kostete, das Hündchen hatte sich losgerissen und rannte auf seinen kurzen dürren Beinchen in hysterischem Galopp auf der verbrannten Wiese herum. Ganz offensichtlich hatte es einen Gegner in die Flucht geschlagen und kostete nun seinen Triumph aus. Vom Balkon aus sah Johannes den dunklen Scheitel der Frau, in scharfem Kontrast zu den Gouda-gelb gefärbten Haaren, die wirkten wie angeklebt. Sie begann zu singen, mit schöner, wenn auch unsicherer Stimme, Johannes meinte Polnisch zu erkennen. Tarnów, wenn das der Hund war, blieb ungerührt. Zwei junge Männer traten aus dem Schatten des Gebäudes, als sie die beiden wahrnahm, ging sie ihnen auf dem schmalen Kiesweg hüftschwenkend wie auf einem Catwalk entgegen. Sie hakte sich, als sie auf gleicher Höhe waren, bei ihnen unter, sang mal in die eine, mal in die andere Richtung gewandt, bog dabei ihren schmächtigen Körper, als hätte er andere Maße zu bieten, die unförmige Brille rutschte mit und gab dem kecken Auftritt etwas sehr Melancholisches. Das Musical, in dem sie die Hauptrolle hatte, war den Männern unbekannt, sie schüttelten sie ab und fuhren sich über die muskulösen Arme, über die glatte Haut, als müßten sie Schmutzreste entfernen. In ihrem breitbeinigen Gang, im kurzen Auflachen die ganze Verächtlichkeit der Jugend.

Die Frau stand, die Hose in traurig-losen Falten über dem flachen Po, und trank. Nicht gierig, eher nachdenklich; mit gesetzten Bewegungen führte sie die Flasche zum Mund, ließ sie sinken, atmete. Als sie den Kopf nach oben, in seine Richtung wandte, winkte Johannes ihr zu. Unmöglich, hinter der Brille zu erkennen, ob sie ihn sah. Sie hob leicht die Hand, aber das konnte ebensogut ein Abwinken an die Welt bedeuten, fortan keine Hauptrollen mehr von ihr zu erwarten. Sie bückte sich nach dem Griff der Leine, betrachtete dabei die eigenen Füße in den offenen Schlappen ratlos wie zwei unbekannte Gegenstände und setzte sich schwerfällig in Bewegung. Tarnów schlich mit, auch er erschöpft von den Auseinandersetzungen mit der unfreundlichen Welt. Im Wind, der von dem Gewitter in einiger Ferne übriggeblieben war, ließ sich Johannes den Schweiß trocknen. Was hatte sie wohl aus dem galizischen Tarnów hierher verschlagen – wenn es denn so war –, was mußte sie mit viel Schnaps ertränken, warum stand ihr kein größerer Trost zu als ein kleiner Hund mit verblichener Schleife im Halsband in den Farben der polnischen Flagge.

«Sie müßten gleich kommen», Sophia war zu ihm auf den Balkon getreten und hob, als sie den Wind spürte, beide Arme zur Abkühlung hoch. Das torkelnde Püppchen mit Hund war nicht mehr in Sichtweite.

«Willst du deiner Tochter nicht eine Karte schicken?»

Johannes wandte sich ihr zu:

– Das habe ich noch nie getan. Der Kontakt ist – schlecht, sporadisch. Die Mutter ist nicht sehr begeistert von mir.

«War sie es mal?»

– Sie wollte ein Kind. Ich habe ihr …

«… in den Kram gepaßt?»

Johannes nickte. Und nickte wieder, als Sophia ausführte, warum sie es für eine gute Idee hielt, dennoch eine Postkarte zu schicken. Eine Postkarte von den drei Meilensteinen, zwei, drei Sätze; einer davon müsse die Ankündigung eines baldigen Besuchs enthalten.

Sie gab ihm einen kurzen Klaps auf den Rücken, aufmunternd oder mahnend, und er war glücklich über die kleine Predigt, glücklich über die kleine Zurechtweisung. Glücklich über den Apfel, in den er gebissen hatte.

Sophia warf einen prüfenden Blick auf den Tisch, dann auf ihr Spiegelbild in der Scheibe der Balkontür.

«Gläser!» sagte sie im Gehen zu Johannes.

Sie schmeckte die Fleischsoße ab und hoffte, daß das Fehlen von Gewürzen den Gästen nicht auffallen würde. Und wie jedesmal, wenn sie etwas kochte, das sie auch gemeinsam gegessen hatten – die Auswahl der Gerichte, deren Zubereitung sie beherrschte, war sehr überschaubar –, kehrten die Bilder unaufhaltsam zurück: wie sie, gänzlich unbrauchbar angezogen, nämlich im schwarzen Etuikleid, in der geräumigen Küche der Kölner Wohnung gekocht hatte, im Radio halblaut Jazz, die Tür zum Arbeitszimmer offen, sein breiter Rücken in Sicht, manchmal das Halbprofil, vom Bildschirm in bläulichweißes Licht getaucht.

Klimakarten. Ihr war damals ebenso wie heute in der Erinnerung bewußt, daß die Situation, von außen betrachtet, Kitsch war (auch wenn die schwarzen Netzstrümpfe fehlten und die Dessous), daß seine kleinen Stippvisiten in der Küche, um das Gekochte zu probieren, um sich einen Kuß abzuholen, einen Schluck Wein zu trinken, um zu sagen *ich liebe dich, liebst du mich auch, morgen wird es windig*, und, mit ihrer Antwort versehen, wieder zu seinen Plänen und Kurven zurückzukehren, daß ihr tiefes, ja, festliches!, Einverständnis mit der ihr zufallenden Rolle, das Richten des Tisches, das Aufräumen der Küche, das Zureden und Ermutigen im richtigen Moment und die wilde Entschlossenheit, für diesen Mann schön sein zu wollen, zumindest anrüchig nah am Kitsch waren. Hatten sie nicht auch im Flur getanzt zu der Musik aus dem Radio, waren dabei vorsichtig den knarrenden Dielen ausgewichen? Oder entsprang die Erinnerung irgendeinem Speicher voller formatierter Dateien, abgelegt unter: *romantic drama.doc*?

Völlige Bejahung ist Kitsch, Ergebenheit ist Kitsch, Feiern ist Kitsch. Und sie hatte bejaht: Solche Tatkraft hatte sie in den Jahren danach nie wieder verspürt. Und sie war ihm ergeben. Und sie hatte die Verbundenheit als Paar gefeiert. In den höchsten Tönen, die in anderen Ohren als den ihren vermutlich immer schon schrill geklungen hatten. Aber das hatte sie nicht gekümmert. In der Abgeschlossenheit einer Liebe ist nichts Kitsch, erst nach dem Bruch – der ja auch eine Öffnung zur Welt ist – dringt etwas ein, das Zweifel an den genuinen Zutaten schürt und den Verdacht auf Geschmacksverstärker einläßt. Und das, ein Geschmacksverstärker, ist Kitsch. Eine enorme, uniformierende Energie, ein Stoff, der die Geschmacksknospen versaut. Unter seinem

Einfluß halten die kostbaren Sätze für immer – und halten nichts mehr.

Eine leichte Berührung zwischen den Schulterblättern: willkommenes Umschalten auf ein anderes Programm. Als Sophia sich umdrehte, war selbst im schummerigen Licht der Küche zu sehen, daß sie lachte wie damals – damals! Das war keine zwei Wochen her! –, ein mitreißendes, zuversichtliches, werbendes Lachen.

Dieses Lachen kannte er. Dieses Lachen hatte den Apfel begleitet.

Johannes trug Annika auf dem Arm, sie hatte ein Kleid mit Mohnblumen an und in den Haaren, zu Rattenschwänzen gebunden, zwei gewaltige rote Schleifen. Die Kopfhaut unter dem straffen Scheitel schien hellrosa durch. Annika streckte ihr, das Gesicht vor Stolz leuchtend, die Hände entgegen: Die abgekauten Nägel waren frisch lakkiert, im Rot der Schleifen.

«Schön sieht das aus», sagte Sophia, «du siehst heute aus wie eine belgische Prinzessin. Weißt du, daß es hier in Belgien echte Prinzessinnen gibt?»

Annika nickte nachdenklich, den Blick so inständig auf Sophia geheftet, als erwarte sie von ihr das leibhaftige Erscheinen derselben.

Hinter Johannes stand Raissa, auch sie im Sonntagsstaat, die Narben im Gesicht überschminkt, die Lippen flammend.

Sie machte einen rührenden, angedeuteten Knicks, als sie Sophia eine Flasche überreichte und sich für die Einladung bedankte. Im Luftzug der Bewegung roch sie: den schweren Duft von Gardenien. Sophia atmete tief ein. Das Parfum kannte sie. *Secret.*

Das Gespräch kam leicht zustande, zunächst plauderten die Frauen über das Ungesunde am Grillen (Schwaden der Grillfeuer zogen auch an diesem Abend in die Richtung ihres Balkons), während Johannes einschenkte und die Avocados aufschnitt. Annika schob die ihr zugedachte Hälfte mit einem alarmierten Ausdruck zu ihrer Mutter hin, die ihr kurz den Arm tätschelte, gleichzeitig mit Sophias eiliger Beteuerung, daß es gar nicht schlimm sei, wenn sie etwas nicht möge. Während Sophia ein wenig automatisch, angenehm automatisch, ihren Anteil an Sätzen wie «für Mai viel zu heiß», «es gibt gar keinen richtigen Frühling mehr» und – auf die Avocado gemünzt – «die einfachsten Dinge sind meist die besten» vortrug, dachte sie darüber nach, wie eigenartig es doch sei, hier zusammenzusitzen, mit einer Frau aus dem tiefsten Sibirien (vermutlich), vor wenigen Tagen noch zusammengeschlagen von ihrem Zuhälter (heute so geschickt frisiert, daß man von den Verletzungen nichts mehr sah) und zur Rabenmutter erklärt.

«Ferien?» fragte Raissa, zu Johannes gewandt.

«Johannes spricht nicht», erklärte Sophia, «ich werde Ihnen übersetzen, was er meint.»

Falls das Raissa erstaunte, so zeigte sie es nicht. Sie ließ den Blick nur eine Weile auf Johannes ruhen, die in hohen Bögen nachgezogenen Brauen – die eine von einer Narbe an ihrem Scheitelpunkt geschnitten – gaben ihrem Gesicht etwas sehr Aufmerksames. Sie schaute ihn an – wie eine Schülerin, eine Schülerin, die Belehrung erwartet und erhofft.

«Nicht nur Ferien», erläuterte Sophia Johannes' Gesten, «ich betreibe auch Nachforschungen.»

Sophia verspürte einen kurzen Impuls, ihre Wortwahl zu korrigieren, bevor das Alberne einer solchen Maßnahme ihr bewußt wurde.

Raissa nickte bedächtig, das hätte sie sich schon gedacht. Ihre Nachbarn hätten nicht gewirkt wie normale Urlauber.

Sophia und Johannes wechselten einen schuldbewußten Blick, nun beide beschämt über die Annahmen, die sie gehegt hatten, auch wenn sie unter Umständen zutrafen.

– Was machen Sie?

Bevor Sophia mit der Übersetzung beginnen konnte, setzte Raissa bereits zur Antwort an.

«Ingenieur, Elektroingenieur. War ich. Hier: arbeitslos. Putzen und so. Nächstes Jahr geht Annika zur Schule, dann ist alles besser. Wir kennen Krieg.»

Sie kaute und schluckte ohne Hast, aber Sophia sah mit Entsetzen, daß sie ungeheuer schwitzte, unter den Achseln dunkle Ringe im hellen Stoff, am Rücken klebte die Bluse, Schweißtropfen am Haaransatz. Etwas strengte sie furchtbar an, und auch der leichte Wind, die nur noch abendlich warme Sonne konnten nicht verhindern, daß ihr Körper es verriet. Die knappen Sätze, die knapp auch deshalb waren, um Fehler zu vermeiden, wie Sophia jetzt verstand, erhöhten ihr Entsetzen noch.

– Darf ich fragen, woher Sie kommen?

Jedesmal, wenn Johannes zu Gebärden ansetzte, ruhten die Blicke der beiden Frauen und des Kindes mit einer Aufmerksamkeit auf ihm, als erwarteten alle drei Offenbarungen der letzten Art. Annika bewegte die Lippen mit. Unter dem Tisch strampelte sie so heftig mit den Beinen, daß Sophia, die ihr gegenübersaß, mehrere Tritte gegen das Schienbein bekam.

Sophia schenkte der Tochter Cola und der Mutter Wein nach, obwohl die Gläser noch fast voll waren. Als könne sie durch Verdünnung die Aufregung und die Anstrengung dämpfen, abmildern. Sie lächelte Raissa an und spürte jeden Muskel, den man zum Lächeln brauchte, dabei. Wie nebenbei übersetzte sie währenddessen Johannes' Frage. Überzeugt, daß Raissa sie längst verstanden hatte.

«Aus Grosny kommen wir.»

Raissa hob am Ende des Satzes ihre Stimme, vielleicht sagte der Name ihren Gastgebern nichts?

War das Höflichkeit? War das Spott?

Da! Annika warf die Arme in die Höhe und zeigte zum

Geländer: Eine junge Amsel saß dort, den Kopf schräg gelegt, die schwarzen, blankpolierten Augen, die wie Murmeln in den Augenhöhlen kugelten, mit forschendem, beinah vorwurfsvollen Ausdruck auf die Gesellschaft gerichtet.

– Wenn diese Amsel Junge hat, nächstes Jahr, dann gehst du schon zur Schule.

Annika kaute an dem Brotstück herum und sah zweifelnd aus. Auch als Sophia den Satz wiederholte. Und dann, so überraschend, daß Sophia fast aufschrie, sang sie:

Amsel, Drossel, Fink und Star

Raissa schaute ihre Tochter an und summte die Melodie mit. «Kassette», erklärte sie, «wir haben Kassette geschenkt bekommen.»

Sie legte den Kopf weit zurück beim Trinken, und als sie ihr Glas absetzte, war es leer, und sie sah erschöpft und zufrieden aus, wie nach einer großen, abschließenden Anstrengung. Johannes schenkte sofort nach. Stieß mit ihr an, ein langer Blickwechsel. Sophia wollte fragen, ob es derselbe Mann war, der sie zusammengeschlagen hatte, der dem Kind deutsche Volkslieder mitgebracht hatte. Aber Johannes war schneller.

– Grosny?

Raissa sagte, ja, Grosny, und was man da erzählen solle, Krieg, Krieg – das sei immer dieselbe Geschichte, Tränen, Blut, Haß und – sie zeigte auf ihr Gesicht, Sophia sprang ein: Narben.

«Narben», wiederholte Raissa langsam und wippte mit der Gabel auf und ab, dann, als wäre sie ein Dolch, stieß sie mit ihr Richtung Herz (mit theatralischem Gespür so nah, daß Sophia zum zweiten Mal in wenigen Minuten fast aufschrie):

«Die hier sind schlimmer.»

Sophia verspürte eine lähmende Betroffenheit. Eine lahme Betroffenheit. Krieg verschlägt die Sprache, Krieg macht alle Kümmernisse klein und die Inhaber derselben nichtig. Natürlich erinnerte sie sich an Fernsehbilder des zerschossenenen Grosny, an den grauen Schlamm, durch den sich Panzer wühlten, an die halbvermummten Gesichter der Aufständischen, die verzweifelt bunten Kopftücher der weinenden, flüchtenden, trauernden Frauen, denen die Kamera hinterherfuhr, während eine verzerrte Reporterstimme (Sophia wurde den Verdacht nicht los, daß Kriegsberichterstattung das Rauschen und Knacken der Leitungen, das Knattern des Winds, das ferne Getöse einer Mörserrakete als Playback mitführte) das Grauenvolle atemlos, doch in korrekter Aussprache in die Wohnzimmer trug. Die Ortsnamen, die Volksgruppen, die Konfliktherde: alles neu, aber nach wenigen Tagen eingetragen in die zugigen Speicher, aus denen sich Gespräche und leichte Sorgen speisten.

Annika hatte ihre Mutter nicht aus den Augen gelassen, während sie auf Johannes' Schoß und die andere Tischseite überwechselte.

Sie lehnte sich in seine Armbeuge zurück, steckte den Daumen in den Mund und nahm die beiden Frauen – aus sicherer Entfernung, gut verwahrt – erneut in Augenschein.

Raissa faltete ihre Serviette, tupfte sich die Lippen ab und streckte sich, bis sie, aufrecht sitzend wie bei einem Bewerbungsgespräch, für einen zweiten Anlauf ausreichend gerüstet und gesammelt war.

«Nachforschungen?»

Johannes nickte Sophia aufmunternd zu. Sprich für mich.

«Johannes forscht über Zamenhof, den Begründer von Esperanto. Hier, in Kelmis, gab es einmal einen kleinen neutralen Staat, der um ein Haar der erste und einzige Esperanto-Staat geworden wäre.»

– Kein Staat! Johannes schüttelte heftig mit dem Kopf.

Sophia zuckte mit den Achseln, was soviel hieß wie: beinahe ein Staat, wen kümmern solche feinen Unterschiede. Sie warf Johannes den entsprechenden Blick zu. Er duckte sich hinter Annika.

«Zamenhof!»

Raissa war begeistert.

«Stalin», sagte sie und spie den Namen fast aus, «Stalin hat Esperanto gehaßt. Hoffnung war Sache vom Staat.»

Und dann erzählte sie in ihrem eigenwilligen Staccato-Deutsch von ihrer Mutter, die sei Lettin und stamme aus einer Familie von Esperantisten. Und daß sie gar nichts gewußt hätte von der Geschichte hier in Kelmis.

Daß sie überhaupt wenig wüßte, über das Land hier. Viel Bier. Gutes Bier. Annika klatschte in die Hände, als wollte sie der Mutter zu ihrer Vorstellung applaudieren. Raissa hielt sie fest.

Dann griff sie nach den Zigaretten, die Stirn gerunzelt, als gäbe es etwas zu bedenken.

«Darf ich rauchen?» Sophia und Johannes nickten heftig, mit der Übertreibung, die mit dem Heucheln einhergeht, und deuteten zum Himmel: Man saß doch draußen, die Grillfeuer zogen Schwaden durch die Luft, was sollte da eine Zigarette ausmachen?

Raissa inhalierte tief, blies den Rauch nach oben, sehr routiniert. Sie hatte den Stuhl nach hinten gerückt, saß breitbeinig, die Oberschenkel unter dem zartgeblümten Stoff überraschend burschikos. Die Schuhe hatte sie abgestreift, sie lagen verloren wie Überbleibsel einer Unfallstelle.

– Sprechen Sie Esperanto?

Sophia wäre gern aufgestanden, hinunter zum Bach gelaufen, hätte gern die Füße in das kalte Wasser gehalten, dem Mond bei seiner Runde zugeschaut. Sie war verwirrt. Unwirsch auch. Und Gastgeberin. Und Übersetzerin. Sie blieb sitzen, ihr Schweigen kaum länger als ein Atemholen.

Aber da antwortete Raissa bereits; kurze Sätze schien sie mühelos zu verstehen.

«Willst Du mir helfen, die Nudeln abzuschütten?» fragte Sophia, aufspringend, zu Annika gewandt, die bereitwillig von Johannes' Schoß rutschte und die ausgestreckte Hand ergriff. Sophia drückte sie, und als Annika ihr die Hand entzog, um nachzuschauen, ob der Nagellack noch da war, ging Sophia in die Knie: Alles in Ordnung. Im blassen Blau von Annikas Augen ein erleichtertes Aufleuchten.

Sophia zog die roten Schleifen nach.

Johannes hatte seinen Block geholt und etwas notiert, er und Raissa saßen über die Seite gebeugt, die Köpfe zueinander geneigt: Abschreiben vom Klassenbesten.

Raissa murmelte ein paar Worte in einer undefinierbaren Sprache, mit andächtigem Zögern, als müsse sie diese aus sehr entlegenen Gegenden herbeiholen. Sie zählte etwas an ihren Fingern nach, Farben vielleicht, Lieben, Geld.

«Pasta!» rief Annika, die die Schüssel trug. Wie eine Hitzewelle überflutete Sophia ein Gefühl des Stolzes, dann wurden ihr – irgendwohin mußte der Überfluß ausweichen – schon wieder die Augen feucht. Das hatte sie Annika in der Küche aufgetragen: Geh hinaus und sag: «Pasta!»

Es wurde heiter für den Rest des Abends. Zunächst wegen Annikas ungewöhnlicher Technik beim Spaghetti-Essen, ein lautes, langes Schlürfen – das solange dauerte, wie die Nudel reichte. Wie beim spray painting verteilten sich zart rötliche Spritzer auf ihr selbst und allen Umsitzenden.

Als Raissa die Hände über dem Bauch zusammenfaltete, die Backen aufblies (als müßten alle Rundungen durch Aufblähung zu Vorratskammern werden) und fragte: «Du, Sophia, was machst du?» übernahmen alle das Du, prosteten einander zu, steckten sich Raissas Zigaretten an und schickten Rauchkringel in den Abendhimmel. Die man nicht sah. Aber Raissa sagte, ihre seien perfekt.

Sophia war aufgestanden und hatte die Duftfläschchen mit den Teststreifen gebracht. Sie baute alles auf dem Tisch auf:

«Namen finden», sagte sie in Übernahme von Raissas telegraphischem Stil.

Johannes räumte die abgegessenen Teller in die Küche, auf seinem Gesicht der glückliche Ausdruck eines Familienvaters, der mit seinen Umständen einverstanden ist. Er spürte den Wein als Schwung, als beseelte Energie. In der Küche, über den Gerüchen des Gekochten, ein Hauch von Sophia, Schweiß und Aloe.

Merde, rief Annika, als er zurückkehrte, und schaukelte auf ihrem Stuhl, *merde*, *merde*. Ihr gesamtes französisches Repertoire. Die Frauen hielten sich gegenseitig die kleinen Teststreifen unter die Nase, ihre nackten Oberarme berührten sich. Beide rissen die Augen weit auf, als müsse der Name für den Duft auch erspäht werden. Wenn Raissa lachte, sah man die Goldplomben.

Nonsense!

Terrorisme! (Die französischen Endungen waren Leckerbissen.)

Münzfernsprecher, schrieb Johannes und *immortalité*, dann kamen, neben Unverständlichem, das Annika schrie, *Neben-*

kostenabrechnung, Complice, Sternenhimmel, Kometenstaub, Durst, Goldfieber, Rebell, Freikauf, Rachmaninoff, Kammerflimmern, Absinth, Berg-Karabach und zuletzt, Raissas Beitrag, die Augen unter Lachtränen verschwimmend: *Haftverschonung.*

Annika sprang herum wie ein kleiner Derwisch, griff nach einem Fläschchen, hielt es erst sich, dann den Erwachsenen mit einer theatralischen Geste unter die Nase, roch erneut daran, hüpfte, kreiselte, taumelte. Dann, die Stimme heiser vor Sicherheit: einen Treffer zu landen: *Nutte*!

Es war eng. Wie verboten. Als wären zwei Geschwister zueinander gekrochen unter dem Deckmantel der Nacht. Zuletzt – und zum ersten Mal – vor dreißig Jahren in einem Stockbett gelegen.

Ferien an der Nordsee, die ruhigen Atemzüge der anderen gegen den eigenen zappeligen Herzschlag. Man war hier, um zu genesen. Das Meer war zu hören, die nächtliche Ebbe, Schlick und Watt in tiefem Schwarz, bis auf ein Rülpsen aus großer Tiefe still, das Gewusel von Kleinstlebewesen, aus sicherer Deckung aufgescheucht, schrecklich schön unter dem Schutz des Federbetts vorzustellen. Im unteren Stock wäre das Kind nicht sicher gewesen vor dem hungrigen Zugriff (um die Knöchel herum) der blinden Verschütteten. Oder nur bei Flut. Unter dem Nachtpfiff des Winds findet schließlich die fällige Übergabe an den Schlaf statt.

Sophia verfiel automatisch in Wispern. Unverständliches Zeug. Aber das spielte keine Rolle. So wenig wie damals bei dem Suaheli-Glossar.

Johannes schob ihr Pyjamaoberteil hoch, fuhr mit den Händen die Umrisse ihres Rückens – seiner Schreibfläche – nach, setzte an. Wein, Wodka, Müdigkeit: Eigentlich hatte Sophia keine Lust zum Entziffern, es wäre ihr recht gewesen, durch langsames Kreisen, sanften Druck, aufgeschobene Erregung in eine erholsame Abwesenheit, in Schlummer überführt zu werden. Wie das andere traute Paar, das Johannes erfand. Nein, das aus ihnen beiden entsprang, das, wenn alles gut ging, die Vorwegnahme eines Gelingens war. Einskommairgendetwas Promille Zuversicht. Johannes Hände auf Höhe des Steißbeins, dann abwärts. Er wog ihre Pobacken, abschätzend, vergleichend: als müsse er sich für eine entscheiden.

Sophia las: H.

Nach jedem Buchstaben ein angenehmes Löschen mit der flachen Hand, das die von der Erwartung des Kitzels nervösen Muskeln beruhigte. (Die Schiefertafel der Kaiser-Wilhelm-Volksschule kam da in Erinnerung, die sie jedesmal, beim Tafeldienst, mit der Handfläche wischte, also verschmierte, weil der Schwamm verschwunden war. Und zum Tafeldienst hatte selbstverständlich gehört, sich über die ordnungsgemäße Anwesenheit eines Schwamms im vorhinein zu vergewissern. Zur Strafe: In der Ecke stehen. Mit dem Rücken zur Klasse, die Blicke der anderen auf ihn geheftet wie Blutegel.)

– I – Kaum auszuhalten, ohne sich zu winden. «I», sagte Sophia laut.

– N – . «En.»

Ein langes Wort, die ersten Buchstaben gerieten in Vergessenheit, neues Raten, bis es endlich feststand: HINTERPOMMERN

Und dann, von Johannes zum Umdrehen bewegt, diesmal war der Bauch knapp oberhalb des Schambeins die Unterlage:

VORDERPOMMERN

«Revanchist», flüsterte Sophia, «ich vertreibe dich doch gar nicht.» Und legte ihre Hand auf sein Steißbein, fragte, weißt du überhaupt, wie dieser Ort heißt? Und als sie sein Kopfschütteln spürte, sagte sie:

«Schivelbein/Pommern»,

– eine späte, kleine gewitzte Rache für die als Kind erlittenen Hymnen vom richtigen Zuhause, dem abgebrannten

Pommernland, ein Abgesang, den die Großeltern den Eltern, die Eltern ihr, der Tochter, beschwörend und verschwörerisch ins Ohr gebettet hatten. *Schivelbein*, wiederholte sie, lachend, zufrieden und zog ihren Arm zurück. Es war mit Sicherheit ein gutes Zeichen, wenn man die Bestimmung der Heimat selbst in die Hand nahm.

Johannes hatte dann gefragt, geschrieben, gedrängt, *darf ich Hinterpommern besuchen*, Sophia: ja, ja, ihn nun wieder im Rücken, in schönster Passform, nach dem scharfen Schmerz eine dringende Lust, dabei kaum Bewegung. Johannes' Hände auf ihrer Hüfte steuerten. Niemand im Raum wäre aufgewacht – hätte es jemanden gegeben. Die Wucht der Explosion preßte sie gegeneinander, ineinander, danach schnappten sie nach Luft wie Taucher, die aus großer Tiefe aufsteigen. Dann Ausbreitung der Stille, Nachbeben bis in den Schlaf.

Johannes erwachte vom Durst und versuchte möglichst bewegungslos liegenzubleiben; noch immer verbunden. Die große Erregung verebbt. Kindliche, vertraute Nähe. Als wäre sie seine Schwester und als wäre daran nichts falsch. Er spürte Sophias Hintern fest und warm wie einen Brotlaib gegen seinen Bauch, auch ebenso tröstlich. Fast komisch, wie sich das Anstößige und das Biedermeierliche – Analverkehr und der Brotlaib im Schoß – mischten. Wem überhaupt war es eingefallen, bei leibhaftiger Liebe von Verkehr, Geschlechtsverkehr zu sprechen? Das hörte sich widerlich an, nach Strafrecht und ansteckenden Krankheiten. Verkehrte Geschlechter. Aus der Art geschlagene Geschlechter. Er nahm sich vor, zu Hause nachzusehen, seit wann der Ausdruck benutzt wurde und wer ihn verschuldet hatte. Das eigentlich Unanständige war vermutlich, daß aus dem alten Wort für Umgang und Handel der

Autoverkehr wurde, der Stadt- und der Stoßverkehr. Und man deshalb heute bei Geschlechtsverkehr vor allem an die Pannen dachte, an die Kollisionen und die Haftpflicht.

Der Durst wurde so groß, daß er sich vorsichtig entzog, bemüht, Sophia nicht zu wecken. Schmerzhafte Trennung, er humpelte in die Küche, auf sehr schwachen Beinen. Die Beleuchtung von der Treppengalerie erhellte auch die Kochnische, jedenfalls genug, um nicht über den großen Topf auf dem Boden zu stolpern oder einen der Tellerberge umzustoßen. Eigentlich hatte Raissa darauf bestanden, abzuspülen; dann aber aus ihrer Wohnung eine Flasche Wodka geholt, und sie hatten statt dessen getrunken. Immer länger hatte ihre Hand auf Johannes' Unterarm gelegen, die sorgfältig gefeilten Nägel in eigenartigem Kontrast zu der rauhen, großporigen Haut der Hände. Irgendwann hatte sie Annika ins Bett gebracht. Lautes Schimpfen, Heulen, Stille. Schwer zu sagen, meinte Sophia anschließend, ob es sich bei Raissa um eine nette Frau handele. Um welche Art von Frau überhaupt. Und das mit Esperanto und der lettischen Mutter glaube sie auch nicht. Aber Not, hatte Johannes lahm eingewandt, Not macht erfinderisch: Man denkt sich die Leben aus, in denen man nicht nur ungeschoren davonkommt, sondern vielleicht sogar Glück hat. Eine Mutter, die Klavier spielt und ihre Kinder liebt, ja, und, warum nicht, die Esperanto spricht, ein Vater, dessen Händedruck man nicht vom Schlagen kennt, ein Land, dessen Städte nicht in Trümmern liegen.

Und als Sophia dann gefragt hatte, warum erfindest du dann? hatte er geantwortet, na, aus Not. Beide waren da schon ziemlich betrunken.

Johannes machte kleine Schlucke, um den Geschmack und Geruch von Chlor zu vertreiben. Die Übelkeit kam dennoch. Das bullaugenartige Fenster der Tür rahmte den Parkplatz, den ramponierte Blumenkübel aus Waschbeton umstanden. Mit der Willkür von Steinschlag. Die Petunien darin hingen in matten Ranken, die Blätter in der Farbe des versengten Rasens zerfielen bei der kleinsten Berührung in Staub. Ein Unort, in der Tat, Johannes lehnte die Stirn gegen das kalte Glas und verspürte die vertraute Angst – die Angst, keine Anstrengung mehr für sinnvoll zu halten. Das Zamenhof-Projekt: Jedesmal, wenn Sophia es erwähnte, fühlte er sich wie ein fast überführter Hochstapler oder wie ein Parasit, der den Wirtsbaum durch zähe Beharrlichkeit auszehrt. Beseelte ihn irgendeine Idee, die über Urlaubsplanung hinausging? Oder saß er einem Gerücht auf, das er selbst in die Welt gesetzt hatte? (Der engagierte Forscher, der Lebensentwürfe, seinen eigenen eingeschlossen, unter die historische Lupe hielt. Und daraus Maximen schöpfte.)

Er setzte sich an den Tisch mit den wackligen Beinen, sein Bild in der dunklen Fensterscheibe gespiegelt, schrieb – ohne Genugtuung – etwas über Aussätzigkeit, wenn die Sätze ausbleiben, überlegte – ohne Ergebnis –, was das mit Sophia Zamenhof zu tun haben könnte, haderte mit dem unmöglichen Projekt und damit, es Sophia gegenüber erwähnt zu haben, schrieb angewidert und zornerfüllt drei weitere Sätze und schlich zurück ins Bett. Er fädelte sich vorsichtig hinter Sophia ein, die, eine Hand unter die Wange geschoben, schlief wie ein Kind aus der Werbung. Die Wärme zeigte die erwünschte betäubende Wirkung, die Gedanken verdunsteten zu unsteten Gebilden, die Bilder verflossen ineinander, der trockene Hals, der Schmerz hinter der Stirn verglommen. Die Zufuhr stand still, hinter den Lidern sammelte sich der Schlaf.

So hörte er wenig später weder, daß Sophia im Traum einen Namen rief, noch daß sie aufstand, die Leiter verfehlte und zu Boden stürzte. Der Sturz weckte sie: aus einer Art Ungläubigkeit, aus der Gegenwart des Traums. Auf dem Rückweg vom Bad setzte auch sie sich an den Tisch im Wohnzimmer, dessen Wachstuchdecke im Lichteinfall pomadig glänzte. Und schaltete ebenfalls den Laptop ein, die dämliche kleine Melodie, wenn der Bildschirm anging, rasselte viel zu laut. Sie schaute nach, ob Johannes aufgewacht war, jeder Schritt tat weh.

Dann, aus dem Gefühl heraus, sich Gutes tun zu müssen, setzte sie Kaffee auf und trug feierlich mit beiden Händen die dampfende Tasse zum Tisch. Der erste Schluck brachte bereits die erwartete Vergewisserung: die Feststellung der eigenen Gegenwart. Nachgewiesen in der Wärme die Kehle hinab, im bitteren, malzigen Geschmack und im Duft, der in ihr Gesicht stieg, im soliden Bogen des Henkels, der sicher in ihrer Hand lag.

Beklommenheit und Neugier hielten sich die Waage. Das kannte sie. Sie hatte schließlich große Übung im Spionieren. Im virtuellen Spionieren: dem Nachdenken über die Lebensverhältnisse des ihr Nächsten, wenn er ihr nicht nah sein konnte. Aber diese andere Frau, die erfundene Sophia, die von Johannes mit ihr verbundene andere Frau – die ging sie etwas an. Durfte sie angehen. Sie öffnete die Datei.

Die andere zweite Frau, die echte Ehefrau dagegen war ihr unwillkommen nah gerückt, weil sie im Körper des Mannes präsent war. Die gespenstische Anwesenheit der Dritten. Manchmal hatte sie sogar gedacht, sie riechen zu können, wahrscheinlich war sie auch in Gesten und Angewohnheiten enthalten, die sie, Sophia, als seine verbuchte. Sie wußte nicht viel von der anderen Frau, hatte sie bei wenigen Gelegenheiten eher aus der Ferne erlebt. Universitäten sind geschlossene Zirkel. Und sich ins Zeug gelegt, als müsse sie von ihr ein Gütesiegel erhalten, *Prädikat: besonders wertvoll*. In Filme mit dieser Auszeichnung ging man guten Gewissens, vielleicht wog so der Betrug weniger schwer.

Einmal war ihr Blick auf die Füße der anderen gefallen, in Sommersandalen, leicht gebräunte, schmale Füße mit lackierten Nägeln, der Lack ein wenig abgesplittert. Füße, die ihn seit einem Vierteljahrhundert begleiteten. Ihr eigener Blick darauf schien ihr indiskret, aufdringlich, als ließe sich daraus etwas ihr nicht Zustehendes über die Intimität des Paares ablesen. Es hatte lange gedauert, bis sie die Berührung der Füße, ihrer und derer des Mannes, im Bett nicht mehr zu vermeiden suchte, weil sie sich vorstellte, vorstellen mußte, wie sich – im echten ehelichen Bett der beiden – die vier berechtigten Sohlen im Schlaf unbefangen trafen, aneinanderrieben und wohl fühlten. Und die eigenen Mühen, der Ehrgeiz um hornhautfreie Füße, um schöne Nägel, um gepflegte Weichheit hatten sie im Angesicht der sorglosen Intimität der beiden, die selbst eine gewisse Verwahrlosung verkraftet hätte, liebend eingeschlossen hätte, zutiefst beschämt und niedergeschmettert. Was sie da betrieb, war die Zurichtung eines Artikels.

Die Datei von Johannes hieß *Moresnet*. Sie klickte sie an, und auf dem Bildschirm erschien die erste Seite.

Sie überflog sie: Das kannte sie, Wilhelm Molly und Sophia in Dresden, dann die ersten gemeinsamen Tage in Moresnet.

Dann fehlte alles, was sie am Vortag gelesen hatte. Dafür stand da:

Besser ein schweres Schicksal als keines. Wir – ewige Larven.

Dann in Klammern: (*Scheiß Koketterie! Eine Neurasthenie wie zu des ollen Kaisers Zeiten – das kommt davon!)*

Sophia schrieb rasch, ohne zu überlegen:

Solange aus uns nichts geworden ist, können wir doch noch hoffen!, schloß, mit einer entschiedenen Bewegung, den Laptop, als würde sie einen Topf zudecken. Fertig gegart.

Im Bett, das Morgengrauen schon am Fensterrand, hörte sie ein Heulen. Ob von Tier oder Mensch – zu ungewiß die Stunde, zu benebelt ihr Kopf. Sie durfte noch schlafen, sie mußte noch nicht zur Stelle sein, sie war noch nicht zuständig für den Tag. Sie fand die Kuhle und die nachgelassene Wärme des eigenen Körpers vor, ging wieder in sie über. Johannes' Gesicht im Schlaf noch jünger als wach. Wie im Leerlauf – ohne die Mimik. *Lieferzustand* nennt man das wohl, dachte sie und mußte lächeln.

Und dann stieß sie, in der Unordnung des gedanklichen Streunens, das dem Schlaf unmittelbar vorausgeht, auf eine Erinnerung. Daran, wie die russische Sofia, die hier arbeitete, Annikas Mutter am ersten Tag gerufen hatte: Michaela. Vermutlich hatte sie sich getäuscht. Sie würde nachfragen, bei Gelegenheit. Noch zwei Tage.

Sie schlang Johannes' Arm um ihre Hüfte, um sich gegen jeden Überfall im Schlaf zu wappnen. Gegen die Sehnsuchtsscheuchen und die Liebesgespenster, die sich von Dämmerung zu Dämmerung anschlichen. Sehr unauffällig bei Tageslicht, vollends unsichtbar im Eifer von Erledigungen. Aber mit ungeheurer Pünktlichkeit zur Stelle, wenn sie die Augen schloß, wenn die Haut, im Schlaf, ihre Zuverlässigkeit aufgab und durchlässig wurde.

Um die Kapelle der Caterina von Siena, um die Eylenburg wanden sich die Schatten: unruhige Lichtkegel von Taschenlampen. Einsilbige Befehle von Männern, Frauen mit Kopftüchern und wenig Gepäck. Der Hohnbach sang. Das war im Osten. Aus dem Norden, Preußwald, Katzenkopf und Rabenpfuhl, weitere Kolonnen. Aus Moresnet im Westen, Lontzen und Schmalgraf im Süden. Es zog sich zusammen. Und da, wo bei der Kapelle der hl. Caterina die Tafel mit der Aufschrift stand: *Allen, die Zuflucht und Zuversicht suchen, sei die Caterina-von-Siena-Kapelle in Astenet, bei Tag und bei Nacht, eine Stätte des Trostes*, pißten die Männer in breitem Strahl. Ihr Revier. Kaum Licht. Aber es konnte doch auch gar nicht sein, daß jemand sie kannte. Das schwere Schreiten von Beladenen, Trommelwirbel, Paukenschläge. Gleich geht's los. Nur scheinbar eine Oper. Darauf fällt Sophia nicht herein: Sie weiß, wie häßlich sie sind, die Träume vom frühen Morgen. Sie kommen als Duft nicht in Frage.

Jetzt bin ich immerhin wach, sagt sie im Traum. Ich bin in Belgien. Die *Beneluxländer*. Und erinnerte sich, wie sie als Kind angenommen hatte, es seien die Länder, in denen Luxus herrschte. Und nun gab es hier Kinder ohne Schuhe und ohne Zukunft. Gute Schokolade. Unter der Erde die Reste einer gigantischen Schlachtplatte. Überirdisch Verwirrung. Und eine Hitze!

Wie die in Nowa Huta, damals, eine Exkursion in den ersten Semestern, *postindustrielle Archäologie*, bei beißendem Wind, unter einem Himmel in den Höllenfarben von Neugeborenenzimmern. Der Professor hatte erklärt, sie müßten warten, worauf, das behielte er erst einmal für sich. Sie standen vor einer gewaltigen Grube von den Ausmaßen eines Dorfes, dreißig Meter tief, Böen rissen an den Kleidern und schoben scharfen Gestank voraus. Schlote am Horizont. Unter den Füßen Stahlkiesel, die Luft rostig. Sie standen, standen lange, eine, vielleicht sogar zwei Stunden. In dieser

Mondlandschaft war das nicht zu messen. Dann, irgendwann, ein langgezogener, scheppernder Ton, ähnlich einem Schiffshorn, aber dann war auf dem Kamm hinter der Grube die Silhouette eines Zuges zu erkennen. Bedrohlich die Annäherung: ein sowohl archaisches als grausam vertrautes, zeitgenössisches Bild. Die Lokomotive keuchte. Zehn Waggons, jeder Waggon trug eine Wanne, die in ihrer Aufhängung schaukelte. Männer in Schutzanzügen machten sich mit einem kleinen Kranwagen zu schaffen, schließlich hielt der Zug, wenige Zentimeter vor dem Ende der Gleise. Die beiden ersten Wannen begannen sich zu neigen (die Männer, nun hinter dem Zug verschwunden, setzten wohl einen Mechanismus in Gang: Jedenfalls drehten sich wie auf Kommando arthritische Zahnräder), man erkannte Sand und Schutt. Enttäuschte Gesichter: Dafür war man auf einen anderen Planeten gereist. Aber dann! Dann brach die Kruste in den Wannen auf wie die kandierte Zuckerschicht auf einer Crème brulée und heraus ergoß sich ein Strom feurigen Breis, der in langen glühenden Zungen den Hang hinableckte. Und wer auf der anderen Seite der Grube stand, also in der Schußlinie, der wurde von einem infernalischen Hitzestoß erfaßt, der gegen den Körper schlug, tatsächlich wie ein Geschoß.

Es nahm einem den Atem.

Übergang von einem zum anderen Mond. *Benelux*. Licht. Beginn des Auftauchens.

Nach Luft schnappend, Sekunden vor dem Aufwachen, fand sich Sophia umzingelt. Von den Rotten, die aus allen Himmelrichtungen heranmarschiert waren; man fragte und brüllte herum, man herrschte sie an, in drei, vier Sprachen, sie wurde geschüttelt. Endlich verstand sie: Ihre PIN-Nummer. Die konnte sie im Schlaf, kein Problem, 6820 – der sechste August des Jahres 2000. Weimar, Goethes Gartenhaus. Einst der Zugang zum Glück, heute der Zugang zum Geld. Den konnten sie haben. Und ihre Zähne auch, einen nach dem anderen. Es tat nicht einmal weh. Möglicherweise hatten sie schon vorher locker gesessen. Ein Lattenzaun mit Lücken, der keinerlei Schutz mehr bot – so marode, daß es richtig war, ihn zu entfernen. Sie hatte ihr wackliges Gebiß sehr klar vor Augen und signalisierte mit einem Nicken ihre Zustimmung zu der Maßnahme. Sie hörte sich noch sagen, daß alles Keramik sei, die Füllungen und die Kronen, aber da hatten die Zangen schon zugegriffen. Sie schrie nicht. Sie bat nur sehr leise, ihre Zunge zu verschonen.

Das berichtete Johannes später beim Frühstück.

Und fügte hinzu, daß es immer schlecht sein, wenn man gegen Morgen noch einmal einschläft. Man geriete dann in eine Schlafphase, die der Lebensraum von Gespenstern sei: eine Art Zwischengeschoß, nur über Hintertreppen zu erreichen.

Der Traum blieb über dem Tag hängen wie eine Schlechtwetterlage, und Sophia hakte sich auf dem Weg zur Molly-Straße in schönstem Sonnenschein bei Johannes unter, als hielte er einen Schirm über sie beide.

Die Türklinke am Geburtshaus von Molly war einer Hand nachgebildet. Eine Hand, die sich um eine Klinke schloß, so daß man, wenn man die Tür öffnete, eine andere Hand in der eigenen hielt. Das war verwirrend, beinahe eine persönliche Begegnung.

Johannes legte seine Finger auf die Klinke; das Messing hatte sich in der Sonne so erwärmt, daß es lebendig schien, durchblutet.

Sie zahlten bei einer schlechtgelaunten Concierge mit verrutschter Perücke den Eintritt; die Karten waren vergilbt und weich, als wären sie seit Jahrzehnten im Gebrauch. Eine kleine, hektographierte Broschüre mit dem Porträt Mollys, dem grünen Esperanto-Stern und der blau-weißblauen Fahne Moresnets auf dem Deckblatt wurde ihnen von einem verwitterten Männchen, das die Karten kontrollierte – die Kontrolle bestand aus einem würdevollen Nicken des vogelartigen Köpfchens – mit einem feierlichen, nicht ganz ausgeführten Diener überreicht.

– Gleich kommt Molly um die Ecke. Johannes legte verschwörerisch den Finger auf seine Lippen. Sophia sagte, daß sie bereit sei, bereit, dem Gründer des ersten und einzigen Beinah-Esperanto-Staates gegenüberzustehen und ihn in der Staatssprache zu begrüßen:

Ho Esperantistaro, batalu en la mond'! La unueco estas ja la fonto de la fort'!

– Woher weißt du das?

Sophia berichtete ihm, daß sie in der Nacht an seinem provisorischen Schreibtisch gelesen und geblättert habe, unter anderem auch in dem Bändchen, das wie ein Gesangbuch aussah, «Vollständiges Elementar-Lehrbuch der Internationalen Welthilfssprache».

«Ich bin gut im Aufschnappen, im kurzfristigen Wiederverwerten, aber das Gewußte bleibt nicht bei mir. Deswegen fühle ich mich immer wie ein Scharlatan.»

– Partikularismus. Johannes hatte seinen kleinen Notizblock gezückt und hielt ihn ihr vor die Nase, als hätte er eine Diagnose zu bieten.

– Mach dir keine Sorgen, das geht allen so. Daher unsere Sehnsucht nach Universalien.

Sophia verspürte keine Lust, darauf einzugehen, und sagte unwirsch:

«Alles an mir ist für dich wohl symptomatisch für die Malaisen dieser Welt?»

Johannes schüttelte energisch den Kopf.

– Ich bin ungeschickt im Trösten. Nimm es nicht ernst.

Sie standen in der Diele des Wohnhauses und hatten sich noch nicht von der Stelle gerührt. An den Wänden dunkle Ölbilder der Molly-Ahnen, unter ihrem wachsamen Blick begann man sich schuldig zu fühlen – keines Verbrechens, nicht einmal eines Fehltritts, aber der Belanglosigkeit und des Kleinmuts. Sophia zog Johannes mit sich in den angrenzenden Raum, ganz offenbar das Arbeits- und Behandlungszimmer.

«Warum hast du alles gelöscht, was du geschrieben hattest?» fragte sie.

Einen kurzen Moment schaute Johannes sie an, als wolle er es leugnen. Dann erklärte er:

– Ich wollte die Zeit anhalten. Ein Tagwerk löschen, einen Tag gewinnen. Einen mehr. Mit dir. Von neuem.

Sophia war gerührt und irritiert. Und schwieg unentschlossen. Überlegte kurz, ob sie so etwas wie «im Leben gibt es keine Delete-Taste» einwenden sollte; verwarf es aber sofort, weil es nicht nur angestrengt klang, sondern auch kleinlich, dämlich.

Sie bewegten sich unsicher in dem düsteren Raum, als gäbe es eine Gefahr, schauten sich mit einem gewissen Argwohn um: Vor ihnen, zwischen den fast bis zum Boden reichenden Fenstern, ein Regal mit merkwürdigen Urnen. Die eine war einem menschlichen Kopf nachgebildet, die nächste einem Hund, die dritte einem Affen, die vierte und letzte einem Raubvogel.

«Weißt du, was das hier soll?» fragte Sophia.

Johannes trat näher und überflog die knappe Erklärung in drei Sprachen – Deutsch, Französisch, Esperanto –: *Behälter für Organe. Menschliches Anlitz: Magen, Schakal: Lunge, Affe: Eingeweide, Falke: Leber.*

– Ich glaube, die alten Ägypter entnahmen vor der Mumifizierung die Organe und bestatteten sie zusammen mit der Mumie in diesen Urnen. Keine Ahnung, warum sie hier stehen.

«Dein Molly als Grabplünderer?» Sophia ging auf das Regal zu, als hätte die Erklärung den Bann gebrochen, der eine Annäherung verhindert hatte.

«Welches Tier würdest du dir auf der Urne wünschen, in der dein Herz liegt?»

Johannes ging den Raum ab, als wolle er ihn ausmessen, und schien die Frage überhört zu haben. Aber als er wieder vor Sophia stand, antwortete er doch:

– Esel.

«Ich mag Esel auch», sagte Sophia, lächelnd, weil sie ihm ansah, daß er eine andere Reaktion erwartet hatte. «Auf meiner Urne wollte ich aber lieber einen Eidechsenkopf. Eidechsen sind unfaßbar: Sie dösen wie tot, nicht einmal atmen sieht man sie – und wenn sie sich in Gefahr glauben, dann sind sie mit einer einzigen lautlos-flinken Drehung verschwunden. Eine Bewegung, die zu schnell, in einer Ritze, die zu schmal für das Auge ist. Echte Virtualitäts-Champions.»

Sie gingen durch eine dunkle holzgetäfelte Galerie in den benachbarten Raum, der gut ausgeleuchtet war. An den Wänden Fotografien, Molly zusammen mit Gustave Roy, dem französischen Professor, der ihn mit der Esperanto-Bewegung bekannt gemacht hatte. Gepflegte Vollbärte. In die Ferne gerichteter Blick.

Zwei Weltbürger, stand unter der Fotografie. Daneben das Faksimile einer Partitur-Seite:

Der Amikejo-Marsch.

– Amikejo, das war der Name, den man dem neubegründeten Esperanto-Staat geben wollte.

Johannes lebte auf, seine Gebärden wurden raumgreifender.

– *Platz der großen Freundschaft* sollte der Staat heißen. Hier, auf diesem Foto, sieht man den geschmückten Festsaal, in dem die Moresneter die bevorstehende Gründung feierten.

«Helau und alaaf», sagte Sophia, «der Schützensaal, oder was das ist, sieht genauso aus wie die Stadthallen und Rathäuser beim Karneval. Die Leute auch. Alle im Kostüm von Hoffnungsträgern.»

– Warum bist du so spöttisch?

«Ach», sagte Sophia gereizt, «da gibt's wenig zu deuten. Wahrscheinlich ertrage ich die großen Utopien nicht, weil meine kleinen so in die Hose gingen.»

Estis vera miniatura stato, las sie laut vor. Und als sie anfügte, das höre sich an wie Lego und Johannes mit der

Handbewegung für *blabla* – Daumen und Finger schnappen auf und zu – reagierte, mußte sie lachen: Sei doch froh, daß ich meine Rolle als Miesepeter erfülle.

Molly war in Wetzlar geboren und hatte 1906 die Bekanntschaft Roys gemacht (auf dem ersten internationalen Esperanto-Kongreß) und seitdem – *flammend* stand in der Erläuterung – das Heilen der Menschen mit der Heilung der Menschheit verbunden. Aha. Es gab keinen Hinweis auf Sophia Zamenhof. Nur das Foto der beiden, das sie bereits im Museum gesehen hatten. Sophia schlenderte in den nächsten Raum, dessen Erker zum Friedhof ging.

Wuchtige Grabsteine, auch das Kreuz aus Stein. Schief die meisten, als wären sie aus großer Höhe abgestürzt, Trümmer eines Scheiterns. Der Friedhof lag auf einer kleinen Anhöhe, und alle Gräber waren gleich ausgerichtet, zur aufgehenden Sonne. Darüber der übliche Himmel: unbeschwerte Wolken, Kondensstreifen, Mittelblau. Schmiedeeiserne Umzäunung, damit die Toten nicht fliehen konnten. Am Tor ein Kruzifix von gewaltigen Ausmaßen, grobe Balken, der athletische Leib Christi schien sich durch schiere Muskelkraft in der Luft zu halten, die Nägel in den Handflächen und Füßen waren bloßer Zierat, bloßes Zitat. Den Kopf hielt er geneigt, das schon, aber mehr wie ein Artist bei der Verbeugung zum Applaus. Ein Mann in den besten Jahren.

Im Schlafzimmer Mollys trafen sie wieder aufeinander. Neben dem schmalen Bett mit sehr hohem Kopf- und Fußende stand ein Schreibpult, irgendein Witzbold hatte einen kleinen gelben Notizzettel darauf geklebt mit der gekritzelten Esperanto-Losung *Arbeite und hoffe.*

«Mann!» Sophia nahm Johannes beim Arm:

«Ich bin ja in einem protestantischen Haushalt groß geworden, wo man sich nicht einmal Kopfschmerzen leistete. Außer Dienst gab es nicht. Aber das hier ist ja noch viel schlimmer! Tugend-Tyrannei!»

Auf dem Weg zum Ausgang durchquerten sie den letzten Raum. Er war leer, bis auf einige Stiche an der Wand, erneut Fotografien und eine Vitrine mit Nachschlagewerken und Katalogen. Die Tapete löste sich von der Wand, man erkannte nur noch schwach ornamentale Muster, Kelche, Blumen, Schlingendes.

– Die Melancholie des Verblaßten.

Wenn Johannes nicht schrieb, aber ein bestimmtes Wort meinte, formte er es mit den Lippen, so lange, bis sie verstand. Verrenkte dabei das Gesicht. Sophia nickte, um ihm zu bedeuten, daß sie verstanden hätte. *Melancholie.* Bemüht, keine Hast zu zeigen. Wandte den Blick von ihm ab, dann betont langsam der Vitrine zu, beugte sich über das aufgeschlagene Buch.

Johannes atmete ihr in den Nacken, warm, dann wurde es kühler. Er mußte weggetreten sein. Sophia las:

Treblinka was an extermination camp, a «Vernichtungslager»

überspang ein paar Zeilen, erkannte den Namen:

Somewhere in that contaminated earth lie the last remains of Sophie Zamenhof

dann die Zahl:

1944

rief: Johannes! fand den Ausgang, stützte sich am Türstock, vom Licht geblendet, von der Hitze bedrängt. Die Pflastersteine wölbten sich unangenehm. Katzenbuckel. Sie lief zurück in die Toilette.

Auf dem Friedhof trafen sie wieder aufeinander.

Wußtest du es? Warum hast du mir nichts gesagt? Was sind das für wahnwitzige Verrenkungen, die du anstellst – das soll ‹Korrektur› sein? (Das Wort nur mit spitzen Fingern angefaßt.)

Zwischen den Gräbern standen sie einander gegenüber, Sophia hatte Johannes das Hemd aufgeknöpft, er ließ die Unsinnigkeit geschehen, und sie schlug bei jedem Satz ihren Kopf gegen seinen Brustkorb, als müsse sie ihm die Sätze einzeln einprägen. Sie schwitzte vor Wut – oder aus anderen Gründen, die sie nicht benennen konnte. Sie tobte sich aus, und es kam alles vor: Betrug, fremdgehen, Retouchierung, Fälschung, Augenwischerei, Ködern, Verrat, Heuchler, Rattenfänger! Ins Gelingen verliebt sein! Aus der Not eine Tugend machen – und ganz schnell die Not vergessen. Ich lache mich tot.

Sie spürte selbst, daß sich ihre Geschichten mischten – und Geschichte darunter. Sie konnte nicht anders.

Da willst du für eine schöne Wiederauferstehung sorgen? Möglich ist alles! Auf dem Papier. – Als hätten uns nicht längst alle guten Geister verlassen. Du – Schlangenbeschwörer! Du Paradiesvogel, du, du, du Evangelist – Illusionist!

Das letzte Wort hatte gutgetan. Sie holte Luft. Noch ein Anlauf:

Weißt du, wo dein Scheiß-Esperanto überlebt hat?

Sie schwenkte eine Papiertüte in ihrer Hand wie eine Flagge.

Auf den Hygienebeuteln der Damentoiletten!

Higiena saketo por menstrusorbiloj. Bonvolu ne meti ĝin en la pelvon, sed en la tiucelan ujon. La ĉambristino forigos ĝin.

Sie las den Text mit einem Akzent vor, der Holz hätte spalten können. Johannes stand fest wie ein Baum. Er machte keinen Versuch, sie zu berühren oder zu beruhigen. Vom Schweiß klebten auch ihm die Haare im Nacken, das Hemd am Rücken. Kein Wind ging.

Sophia drehte ihm mit einem Ruck den Rücken zu, stieß die Fußspitzen in den Kies, daß er stob.

(Im Zorn bist du ein Kind, hatte der Mann, der nicht ihr Mann war, einmal festgestellt, weil nur Kinder der Welt mit solcher Inbrunst vorwerfen, daß sie ist, wie sie ist. Ich liebe dich dafür. Liebst du mich? Genauso? Wie du zornig bist? Warum hatte sie damals das Angestrengte in den Sätzen nicht gehört, das Tönerne und Scheppernde? Zorn, ja! Der Zorn tat gut, eine beißende Gewißheit, ein scharfes Pfefferminz, erst blieb einem der Atem weg, aber dann kam Luft, reine Luft.)

Als sie den Blick hob, fiel ihr Blick auf Mollys Grabstein, dann auf Hexlein und Ti, die dahinter standen.

«Wie das bucklicht Männlein seid ihr!» rief sie aus.

Hexlein trug ein tief dekolletiertes Oberteil mit Rüschen, einen BH, der die Brüste anhob, Ti ganz in Schwarz, Leinenhosen mit weitem Bein.

«Hallo», sagte Hexlein.

«Wie geht's», sagte Ti. Aber nicht als Frage, sondern im Ton einer Feststellung.

Er nahm die Brille ab und polierte sie mit dem Zipfel seines Leinenhemdes, die Bedachtheit in Person.

Die Inschrift auf Mollys Grabstein war von Efeu überrankt, am Sockel Moos. Man erkannte die Jahreszahl 1919, «noch gerade rechtzeitig vor Versailles», wie Ti bemerkte. Hexlein beugte sich interessiert über den Grabstein und schob einige Efeublätter zur Seite.

Sophia sagte in einem Ton, der die beiden auflachen ließ: «Du brauchst gar nicht nachzuschauen: *Arbeite und hoffe* – wetten?»

Johannes hatte sich nicht gerührt. Nur sein Hemd wieder zugeknöpft bis zum vorletzten Knopf. Beim tiefen Einatmen spürte er noch den Druckschmerz von Sophias Kopfstößen. Es war ihm gleichgültig, daß das andere Paar wahrscheinlich die Szene beobachtet hatte; er fühlte lediglich eine sich rasch ausdehnende Leere und Erschöpfung. Und konnte überhaupt nicht sagen, ob das ein gutes oder schlechtes Gefühl war.

Er trat neben Sophia, berührte sie am Arm:

– Du sprichst für mich, das reicht. Neuerdings.

Sie runzelte die Stirn, fragte zurück, was er damit meine: dolmetschen oder an seiner Stelle reden oder daß es nun überflüssig sei, zu schreiben – weitere Geschichten. (Sie blieb vage, um Desinteresse zu heucheln.) Johannes antwortete ja, und auf ihre Rückfrage, ob er an der Tankstelle auf die Frage Benzin oder Diesel auch mit Ja antwortete, nickte er erneut.

Ti und Hexlein hatten sich in der Hocke vor dem Grab niedergelassen; ein sehr dürrer Kranz lag auf dem Efeu, *Estro de la Esperanto-Lingvoklubo Pfaffenhofen* war noch zu entziffern, der Name des Vorsitzenden war von Regen und Sonne bereits ausgelöscht. Hexlein entfernte den Kranz mit spitzen Fingern und packte einen neuen aus ihrem Rucksack.

«Ihr seid vom Esperanto-Club in Pfaffenhofen?» fragte Sophia.

«So gut wie!» erwiderte sie, und die großen Zähne, die sie beim Lächeln entblößte, ließen sie ein bißchen gefährlich aussehen.

«Lange Geschichte», fügte Ti an.

– Erzählt sie uns.

Fast hätte Sophia etwas über zuviel Geheimniskrämerei angemerkt, aber sie bremste sich, auch weil sie – mittlerweile, endlich – dem Reflexhaften ihrer Einwände mißtraute, und übersetzte Johannes' Gebärden: *Erzählt sie uns*. Sie hatten es längst erraten.

Auf dem Weg zur Eisdiele führte Ti sie durch einen gekiesten Hinterhof, sagte etwas von Moresnets schönstem Triptychon und blieb vor einer Kellerluke stehen. Mit einer großartigen Geste, als würde er Besuchern ein zweites Troja präsentieren (Hexlein lachte leise auf), forderte er sie auf näherzutreten: Auf einem gemauerten Sockel stand ein fettes Engelchen mit gelben Locken, das linke Bein nach hinten gebogen, als sei es mit Hermes' Elan unterwegs, der Lendenschurz, den es um die speckigen Hüften trug, war leuchtend blau wie seine Flügel. Zu seiner Rechten, diesmal auf einem Sockel aus Naturstein, saß auf einem Schemel (als würde es spinnen – aber ohne Spinnrad) Dornröschen oder Schneewittchen oder Rosenrot, ein Wesen jedenfalls in blauem Gewand und mit schwarzem Haar (wie Ebenholz), den zärtlichen Blick voller mütterlicher Besorgnis auf den Engel gerichtet. Zu dessen Linken, in gottväterlicher Versenkung unter gewaltigem Schlapphut, ein Riesenzwerg mit wallendem weißen Bart, in der Hand eine Laterne, deren Schein gegen die Sonne verstummte.

– Heilige Dreieinigkeit.

«Kelmis», sagte Ti und wandte sich zu Johannes, um ihm zu signalisieren, daß er seine Gebärden verstanden hatte, «Kelmis sieht aus wie eine Erfindung von diesem amerikanischen Künstler, Exmann der Ciocciolina, Pornosternchen und Möchtegernpolitikerin in ihrer Wahlheimat Italien, Jeff Koons heißt er. Neokitsch.»

(Er wartete kurz ab, daß Sophia und Johannes nickten: ja, kennen wir. Marzipanwelten). Dann fuhr er fort:

«Warum der Zuckerguß hier so besonders dick und klebrig ist und vor allem, was er zudeckt – wer weiß.»

Sie setzen sich an denselben Tisch, an dem Johannes, Sophia und Annika nach dem Schuhkauf gesessen hatten. Unter dem Tisch hielten alle sorgfältig ihre Füße in Schach, als könnten zufällige Berührungen Grund für ein Ausscheiden sein.

«Wie habt ihr euch kennengelernt?» fragte Sophia und beugte sich tief über ihren Eisbecher «Neutrala Moresnet» in den Farben Weiß und Blau – hundert Prozent synthetisch hatte Johannes festgestellt, *dann paßt es ja*, hatte sie erwidert –, den direkten Blickkontakt vermeidend.

Hexlein und Ti schauten sich an, als müßten sie sich absprechen, als gäbe es mehrere Varianten, zum Verwechseln schön, dann küßten sie sich. Tis Hand auf ihrer.

«Im Flugzeug», sagte Hexlein und setzte die Tasse mit dem Cappuccino ab, «auf einem Flug in die USA. Und das hat auch mit dem Esperanto-Club in Pfaffenhofen zu tun, nach dem du», sie schaute zu Johannes, lächelnd, dann zu Ti, «nach dem du vorhin gefragt hast.»

Als handele es sich um das filigrane Innere eines Uhrwerks – so behutsam wischte Ti mit der Spitze seines Zeigefingers den Milchschaum von ihrer Lippe. Dann lehnte er sich wieder zurück und hörte ihr mit sichtlichem Wohlgefallen zu.

«Reihe 17, a und b. Fenster und Mitte.»

Die 17, bemerkte Johannes, sei in Italien das, was für uns die 13 bedeute: Unglück.

Davon könne nicht die Rede sein! Sie fielen einander immer wieder ins Wort, protestierend und korrigierend, nein, nein, nein! und doch! und von wegen!, dann wieder zustimmend: Genau so! Kuß, Händedruck, Kuß.

Johannes und Sophia saßen wie im Kino, in gespannter Aufmerksamkeit den Blick von Ti auf Hexlein, von Hexlein auf Ti schwenkend – je nachdem, wer gerade das Wort ergriffen hatte. Hexleins Gesicht hatte etwas Zerknautschtes: als wäre sie gerade aufgestanden. Aber im Unterschied zu früher fand Sophia es jetzt liebenswert.

Johannes hatte nach ihren Namen gefragt, und sie erfuhren, daß Ti Matthias hieß und Hexlein Christiane.

Hexlein war nach Seattle, Washington geflogen, um sich die linke Brust nach einer Krebsoperation rekonstruieren zu lassen. Als sie das erzählte, legte sie ihre Hand unter die Brust und hob sie leicht an: Ihr kennt sie ja. Der Chirurg, einer der besten auf der ganzen Welt («so schöne Brüste sieht die Natur gar nicht vor»), stammte aus Pfaffenhofen an der Ilm. Ein kleiner Exkurs von Ti über den Hopfenanbau in der nahen Holledau folgte, über sein Entzücken beim Anblick der im satten Grün berankten Pfähle, seine Vorliebe für bayerisches Bier. Dann hatte er sich ein Bier bestellt, ein belgisches, achselzuckend, beschwingtes Anstoßen der kleinen Gesellschaft mit allen Getränken. Da war die erste Stunde schon vergangen.

Die Willkür der Platzanweisung hatte sie also nebeneinandergesetzt: Ti ans Fenster, Hexlein daneben. Er wunderte sich über seine Nachbarin, die auch nach drei Stunden Flug keine Zeitschrift aufschlug, kein Buch öffnete. Dafür die gemeinsame Lehne ganz in Beschlag nahm. Nur einmal war sie zur Toilette gegangen (da habe er zum ersten Mal ihren wunderbaren Hintern wahrgenommen) und hatte sich mit einer Hast wieder angeschnallt, die seine Diagnose bestätigte: Flugangst. Von dem servierten Essen berührte sie fast nichts, nur den Apfel aß sie. Und da! Gerade als sie in den Apfel beißen wollte, begann eine schlimme Turbulenz – hier übernahm Hexlein wieder den Erzählfaden –, ein Schlingern, ein Gerüttel!, sie rollte die Augen, ein Gerüttel, als sollten wir wie Fallobst vom Himmel herabplumpsen. Im Flugzeug bereut man, nicht an Gott zu glauben. Da habe ich dem fremden Mann neben mir meinen angebissenen Apfel in die eine Hand gedrückt und seine andere ergriffen, so fest, daß er mir später sagte, das habe seit seiner Mutter, die ihn sonntags in die Kirche zog, niemand mehr getan.

Johannes' Vorschlag, eine Flasche Wein zu bestellen und auf den Apfel-Anfang anzustoßen – es folgte die Erzählung vom grünen Engel, der ihm über die volle Länge des Tisches zugeflogen war (*Mutter aller Anfänge,* kicherte Sophia, wohlauf) –, wurde befolgt, man trank, die Körper entspannt; eine wachsende Vertrautheit verbreitete die Wärme, die frisch geschlossene Freundschaften auf Reisen so rasch erzeugen.

Um Hexlein von ihrer Angst abzulenken, erzählte ihr Ti vom Grund seiner Reise nach Seattle. Ein letzter Versuch, sich mit seiner Frau zu versöhnen, die mit seinem Arbeitskollegen und Freund – ebenfalls Ingenieur – förmlich durchgebrannt war. Zwanzig Jahre nachdem sie das Alter erreicht hatte, in dem dergleichen üblicherweise passiert. Mit ihm, Matthias, hatte sie erklärt, sei sie vorzeitig gealtert. (Hier zupfte sich Ti an den grauen Haaren.) Den Brief hatte sie als Einschreiben mit Rückmeldeschein gesandt, als müßte sie sicherstellen, daß er der unglücklichen Diagnose nicht ausweichen konnte. Und dann war man, waren sie, Ti und Hexlein, damals noch Matthias und Christiane, aus dem Flugzeug gestiegen, Hand in Hand, aber ohne Apfel und eigentlich schon ein Paar – ein Paar, das zwar noch kleine Schulden bei der Vergangenheit hatte, aber schon einen Riesenkredit auf die Zukunft (Tis Worte, von Hexlein mit überzeugtem Nicken sekundiert).

«Was für eine Geschichte!» hatte Sophia an der Stelle ausgerufen, weinselig, aber völlig nüchtern.

Ein Stein fiel ihr vom Herzen. Nachdem sie jahrelang – zwei Jahre lang – gedacht hatte, ihr Herz sei der Stein. Sie fuhr in Gedanken die Konturen ihrer Liebesgeschichte nach, die sich zum ersten Mal scharf zeigten. Und abgeschlossen. Sie dachte zum ersten Mal an ihre Liebe als Geschichte. Und hätte aufspringen können!

Ti begleitete Hexlein zum Krankenhaus, ein heller, freundlicher Klotz aus Glas: das Zentrum für plastische Chirurgie. Durchsicht überall, es gab nichts zu verstecken, den Eindruck machte es. Die Untersuchungen begannen am nächsten Tag, auch Ti beschloß, seinen Termin – inzwischen nannte er das Treffen so – auf diesen zu verlegen. Sie nahmen sich ein Hotelzimmer und liebten sich, in schönster «Imperfektion» (Ti schrieb die Anführungszeichen in die Luft): die eine, die rechte Brust, noch allein, wurde mit doppelter Aufmerksamkeit bedacht.

«Es gibt Fälle», sagte Ti, «da sehen sich das Unfertige und das Kaputte verblüffend ähnlich, tröstlich ähnlich. Und verschmelzen in der Zukunft. Manchmal bleibt das eine Vision, manchmal wird es handfest.»

(Das ist verrückt! schoß es Sophia durch den Kopf. Das habe ich bei dem bröckelnden Löwen in Speyer auch gedacht. Und da war ich nüchtern. Vielleicht gilt das auch für diesen Ort, für Utopien und Enttäuschungen, für den Friedhof – sie brach ab, Tis Erzählung ging weiter, morgen, später würde sie darüber nachdenken. Es war wichtig, sie wollte es sich merken, Stichwort: das Unfertige.)

Im Unterschied zu ihrer künstlichen, jüngeren Schwester blieb die rechte Brust namenlos oder war einfach die Alte (Hexlein lachte: Sollen wir das überhaupt verraten?), die neue erhielt den Namen Molly.

– Molly! «Molly!» Johannes und Sophia saßen da wie überraschte Kinder.

Nach ihrem «Vater», erklärte Hexlein oder vielleicht solle man sagen Spiritus rector, der hieße nämlich so: Molly. Dr. Christian Molly, Ururenkel des Wilhelm Molly, vor dessen Grab sie alle gerade gestanden hätten. Und wie sein Urgroßvater ein überzeugter Esperantist, Gründer des *Lingvoklubo* in Pfaffenhofen an der Ilm. Und, auch das hatte er mit seinem Vorfahren gemein, ein leidenschaftlicher Sammler von Schmetterlingen und Käfern. Ein Kasten mit den schönsten Exemplaren hängt in seinem Besprechungszimmer, darunter ein Vers (vermutlich von ihm selbst): *Ist ein Schmetterling erst mal erfunden / hört er nicht mehr auf / schön zu sein.* Ein wunderbarer Trost für die frisch Operierten. Seit vielen Jahren ist Molly in der sogenannten wiederherstellenden Chirurgie eine Koryphäe und in den USA längst heimisch, selbst sein Deutsch hat schon eine leichte amerikanische Färbung angenommen. Von Seattle bis Kelmis hätten sie den Kranz getragen und ihr Versprechen eingelöst, ihn auf das Grab von Wilhelm Molly zu betten. Na ja, nicht ganz, von Düsseldorf bis Kelmis aber schon – und die Zusage den ganzen Weg.

«Eigentlich sind wir Pilger», sagte Hexlein, «auch wenn uns der Glaube fehlt. Dafür ist unsere Dankbarkeit um so größer.»

Alle schwiegen, ein angenehmes Schweigen, als hätte die Geschichte satt gemacht.

Dann sprang Johannes zur Toilette auf (Sophia nahm seine jungenhafte Gestalt gerührt zur Kenntnis), die anderen bestellten mehr Wein – gut, daß belgische Eisdielen Wein ausschenkten –, Ti und Hexlein rauchten mit dem Gesichtsausdruck von Menschen, die sich eine Zigarette redlich verdient hatten.

«Bist du wieder gesund?» fragte Sophia.

«Bald», nickte Hexlein, «bald.»

Nach zwei, drei tiefen Zügen fragte sie: «Und ihr? Seid ihr eigentlich ein Paar? Worüber habt ihr gestritten? Ob ihr eins seid?»

Ihre Direktheit war entlastend, bereits bevor sie versuchte zu antworten, kam es Sophia so vor, als sei alles, was sie noch vor wenigen Stunden niederschmetternd und ausweglos fand, im Lichte dieser nüchternen Nachfrage lediglich einen halben Seufzer wert.

– Wir reisen mit großem Gepäck.

Sophia verstand mittlerweile Johannes' Gebärden auf Anhieb und übersetzte sie mit der Promptheit einer Simultandolmetscherin. Es machte sie froh, auf seinem Gesicht die Freude über die gelungene Formulierung zu sehen.

«Du meinst, ihr tragt viel Vergangenheit mit euch herum?» fragte Ti. Er hatte eine große Liebenswürdigkeit, seine Augen hinter den runden Brillengläsern schauten gütig auf die Welt. Mit der Güte eines Beschenkten.

Sophia ergriff die Hand von Johannes und drückte sie, wie um für das Folgende sein Einverständnis einzuholen:

«Wir kamen in einer Liebesgeschichte vor», sagte sie, «die vor langer Zeit gespielt hat. Johannes hat ihr ein Happyend zugeschlagen, unverdient, finde ich. Ich will es mir lieber verdienen. Oder eben nicht.»

Das war mit Sicherheit eine sehr kryptische Auslassung zu den Ereignissen der vergangenen Tage, aber Ti und Hexlein schien es nicht zu stören. Sie schauten verständnisvoll, auffordernd: weiter.

Und dann erzählte sie, mal Johannes übersetzend, mal ihre eigene Geschichte. Als sie sagte, es hätten sich zwei Invaliden gefunden, auf dieser Reise, lachte Hexlein und meinte, so invalide sähen sie gar nicht aus. Und auch am Bach hätten sie ganz munter gewirkt.

Und sie hakten unbefangen nach, seit dem Selbstmord deiner Mutter sprichst du nicht mehr? Seit der Trennung von deinem Liebsten, leider verheirateten Liebsten, freust du dich an nichts mehr? Kennst du das? *Ein Jüngling liebt ein Mädchen, die hat einen andern erwählt, der andere liebt eine andere und hat sich mit dieser vermählt* ... Ja, ja, nickte Sophia, Heine, kenne ich. Sie war nicht aufgebracht, es gab nur ein leichtes Gefühl von Bodenverlust – so als kämen ihr gerade die Koordinaten abhanden, innerhalb derer sie ihren Ort gefunden hatte. Vielleicht war es auch ein Schwips.

Und sie fand Gefallen daran, die ganze Geschichte wie mit einer Lore vor ihren Zuhörern auszukippen, unsortiert: Geröll. Jeder hob ein Steinchen in die Höhe, fragte nach: «Warum bist du nicht mißtrauisch geworden? Der Mann war doch glücklich verheiratet?»

«Mein Glück, unser Glück, täglich beschworen – es schien die schönere Geschichte, blendend wahr.»

«Warum hast du klein beigegeben, warum hast du keinen Aufstand veranstaltet?!»

Sophia geriet ins Stammeln, kleinmütig sei sie geworden,

kleinmütig bis zum Verschwinden. Dann gewann sie für die Länge eines Satzes ihre Fassung zurück:

«Es war eine Abschaffung, versteht ihr? Eine leibhaftige: Ich wurde zur platonischen Idee. Es gab mich nur noch in der Ewigkeit.» (Das klang wie ein Postulat, alle lachten, ein Kuß von Johannes, erhobene Gläser von Ti und Hexlein.) Sophia atmete vorsichtig. Nichts geschah.

Auch an Johannes wurden Fragen gerichtet, nach Therapien, nach Gründen. Mögliche Erklärungen wurden diskutiert, zwischen zwei Zigarettenzügen, im vorläufigen Nebel des Rauchs oder zwischen zwei Schlucken Wein, ohne jede Aufregung (man hätte auch über die Zubereitung von Brokkoli reden können): psychoreaktive Störung, posttraumatischer Schock. Sie kenne einige Fälle wie seinen. Der bekannteste sei der einer Nachrichtensprecherin oder Moderatorin, deren Name ihr nicht einfalle. Hexlein war Psychotherapeutin, außer Diensten, fügte sie hinzu, der Elan habe sie verlassen, den man brauche, um anderen beizustehen. Aber daß er, Johannes, ein armes Kind gewesen sei, unbewaffnet gegen all die waffenstarrenden Erwachsenen – das fühle sie, auch jetzt noch. Sie sehe ihn, auf dünnen Beinen (da war Sophia beeindruckt: Sie hatte sich schließlich dasselbe vorgestellt), die Knie, wie die knorrigen Verwachsungen bei Ästen, das einzig Dicke daran. Johannes hörte zu, mit einem eigentümlichen Ausdruck der Neugier. Als ginge es um eine Geschichte, die ihm gänzlich unbekannt war. Und hochinteressant. *Verwirrung weicht*, dachte er amüsiert (und über sein eigenes Amüsement erstaunt), *und Ordnung keimt empor*. So die Worte des Engels Uriel in der Schöpfungsgeschichte, deren Vertonung seine Lieblingsmusik im Repertoire der Mutter gewesen war. Ein Lichtblick inmitten der Totenmessen. Noch ein Engel. In Dur!

In allen Blutbahnen Zuversicht; Johannes behielt einen Schluck Wein auf der Zunge, wo er warm wurde und dann in kleinsten Tropfen in den Kapillaren der Traumgewebe versickerte.

Alle waren betrunken. Ein schwerer Rausch mit der angenehmen Folge Leichtigkeit. Johannes' Notizen wurden immer unleserlicher, die drei beugten sich über das Gekrakel, rissen sich die Zettel aus der Hand, lasen einander die kleinen grundsätzlichen Botschaften vor, die Sophia so gut kannte: «Wenn ich schreibe, kann ich sprechen», «Schreibend verschaffe ich mir Gehör» – auf Papierfetzen, die aussahen, als wären sie für eine Schnitzeljagd vorgesehen. Sagte Ti. Und verstreute sie, als sie aufstanden, um in die Kneipe auf der Straßenseite gegenüber zu wechseln. Irgend jemand würden sie zu einem Schatz führen, ohne Zweifel.

Im schummrigen Licht der Kneipe – sie hieß *Narkosestübchen* –, die eingerichtet war wie eine Tropfsteinhöhle, erzählte ihnen Ti erstaunlich flüssig Anekdoten aus dem Neutral Moresnet von einst. Die Neutralen, erzählte er (und stieß mit der Zunge leicht an), das heißt die Einwohner Moresnets, deren Vorfahren schon vor 1815 in dem Gebiet ansässig waren, waren von jeglicher Militärpflicht entbunden. Die demographische Folge des Ausbleibens kriegsbedingter oder kriegsvorbereitender Abwesenheiten war ein immenser Kindersegen, der wiederum von den belgischen und preußischen Kommissären mit Argwohn beäugt wurde.

«Als hätten sie», Ti gluckste in sich hinein, in Vorfreude, «als hätten sie die 68er, die Hippies, vorweggenommen: make love not war.»

Andererseits wurden die Vergehen der Neutralen, in Ermangelung einer eigenen Gerichtsbarkeit, nach dem ungeheuer strengen Code Napoléon geahndet; meistens aber wurden die Missetäter «begnadigt» und an einen belgischen oder preußischen Gerichtshof überstellt, wo ihre kriminellen Verirrungen gnädiger beurteilt wurden. Und der Steuersatz betrug ein Prozent! Es gab fünfundzwanzig sogenannte Vergnügungsvereine, eine Schützengesellschaft, eine philharmonische Vereinigung, ein Kasino und an die sechzig Hotels und Restaurants – kurz, man kann sagen, daß Neutral Moresnet so etwas war wie die Metropole des Hedonismus, das erste Wellness-Center der Welt. Man könnte auch sagen: Friedhof, im Sinne von Ort des Friedens. Nicht der Revolution, aber der stillen Beharrlichkeit und subversiven Genußfähigkeit. Molly wußte das, und er wußte auch, daß diese Art unpolitischen Widerstands – auf den ersten Blick unpolitischen Widerstands – nicht zu verwechseln war mit der Schlitzohrigkeit nur auf ihren Vorteil bedachter Schlaumeier.

«So eine Art Schweizer?» schlug Sophia vor. Ihre Zunge mühte sich mit den vier Konsonanten. Fand einen Ausweg: «Eidgenossen?»

Ti saß neben ihr, wenn er sprach, schüttelte er seine langen Haare, strich sie zurück, korrigierte den Sitz der Brille. Wie ein Vortragender hinter dem Rednerpult. Er roch nach Zedernholz. Oder nach Nüssen. Kein schlechter Name für einen Duft: *cèdre.* Oder, ganz exzentrisch: *Ti cèdre.*

«Nein», rief er aus, «katholischer, viel katholischer! Keine Calvinisten unter den Neutralen! *Justice for the Catholics!* Aber eigensinnig schon!»

Man erhob ein letztes Mal die Gläser auf Neutral Moresnet und rutschte noch tiefer in die gepolsterten Stühle. Johannes lehnte sich mit Schlagseite an Sophia. Der Haarwirbel stand hoch wie bei Gegenwind.

«Ich kann nicht anders», sagte Hexlein, beugte sich vor und fuhr ihm über die Stirn, den Haaransatz. Johannes schloß die Augen. Unfähig zu sagen, ob ihm das Mütterliche lieb war oder nicht. Selbst nüchtern ließ sich das nicht bestimmen.

«Morgen ist unser letzter Tag», rief Sophia und schaute in die Runde, als wünsche sie sich Kommentare.

– Wir könnten grillen.

Johannes Bewegungen waren ausholender und unbestimmter geworden, und er verspürte eine lahme Schwere in den Armen, eine plötzliche, große Müdigkeit. So groß, wie früher, während der Nachtdienste in der Apotheke eines Freundes. Seine Stummheit, hatte der entschieden, war kein Hindernis. Die Leute reichten ihre Rezepte durch die Luke, Johannes reichte die Medikamente, das Wechselgeld zurück. Warum sollte ein Apotheker gesprächig sein? Fragen Sie Ihren Arzt. Gegen Morgen, in der Dämmrigkeit der nach hinten gelegenen Kammer, lösten sich die Konturen der Dinge auf und verwuschen zu wolkiger, warmer Weichheit, luftversponnen. Auf der Liege ausgestreckt, genoß er den ungewissen Zustand von Ort und Zeit, warf seine Lieblingsfilme an die kahle Wand gegenüber – Johannes lachend, vögelnd, Johannes mit Stimme und in bester Stimmung, Johannes mit der Ausbeute prallen Lebens – und lauschte der Musik der «Schöpfung» (deshalb fielen ihm nun die Apotheken-Nächte ein!).

Mit Würd' und Hoheit angetan, mit Schönheit, Stärk' und Mut begabt, der Mensch, ein Mann, ein König der Natur. An seinen Busen schmieget sich die Gattin hold und anmutsvoll. In Lie-ie-be … (Bei Fritz Wunderlich ist das -ie innigtief wie ein Märchenbrunnen.)

Und er ergab sich der Botschaft einer vollkommenen Symmetrie. Die Welt bestand aus Paaren, und als Paar überlebte man sie. Auch ohne Flut.

Später erinnerten sich beide daran, nachts aufgewacht zu sein und über das Bellen und Kläffen, das nicht aufhören wollte, nur gelegentlich zu einem Winseln abschwoll, verwundert gewesen zu sein. Aber so müde, so benebelt waren sie, daß alles Wundern nicht zum Aufstehen und Nachforschen gereicht hatte.

Und wie zum Ersatz für ausgebliebenes Handeln erzählte Sophia beim Frühstück auf dem schmorenden Balkon von einem Urlaub in Istrien, bei dem sie Nacht für Nacht von einem entsetzlichen Heulen aufgewacht war. Es begann im Süden, wurde im Norden erwidert, im Osten aufgenommen, im Westen verhallte es. Wölfe, dachte sie. Die Landschaft Istriens hatte sich, bei aller Ähnlichkeit zu Norditalien, etwas Wildes bewahrt, etwas, das sich der Wiedergabe auf Postkarten entzog – der Geruch nach Geräuchertem, nach Selbstgebranntem, nach Partisanerie. Dazu paßte es, daß sich allnächtlich die Wölfe zusammenrotteten, die schwarzen, ungekämmten Hügel anheulten und dem Weltschmerz aller Kreaturen ihre Stimme liehen.

Aber die Erklärung war um einiges banaler: Es waren Trüffelhunde, die so klagten. Sie wurden absichtlich nicht gefüttert; der Hunger schärfte ihren Geruchssinn. In den frühen Morgenstunden brachen sie mit ihren Herren auf zur Trüffelsuche, danach schlugen sie sich die Bäuche voll und schwiegen bis in die Nacht.

Ein Notarztwagen schwenkte in die Einfahrt, ohne Sirene, nur mit Blaulicht, das sich eigentümlich langsam drehte, als sei eine Batterie am Ende ihrer Kraft.

Johannes setzte die Kaffeetasse ab.

– Hier wohnt man im Herzen des Alarms. Nur: Zu welchen Waffen sollen wir greifen?

Sophia rollte mit den Augen: Johannes! Klartext!

All'arme, schrieb er auf, *zu den Waffen, ital.*, und schob ihr mit einem Grinsen den Block zu.

«Wie ein eingefahrenes Ehepaar», sagte Sophia, «wie ein eingefahrenes Ehepaar auf geraden Gleisen sind wir. Hand in Hand, aber treffen werden wir uns wohl nie. Ich bin allerdings tatsächlich kein Freund von Überraschungen, im Gegenteil, ich liebe den Trott, du tust mir also gut», und fächelte sich mit dem Block Luft zu. Die Hitze duckte sich über dem Balkon. Die Ränder der Butter verflüssigten sich dunkelgelb, über der Marmelade das Surren der Wespen, jeder Kontakt – mit Stoff, mit der Stuhllehne, der Haare mit der Haut, Haut auf Haut – war mit einem Schweißausbruch, einer kleinen Auflösung verbunden. Im Sommer, fand Johannes, ergab man sich der Einsicht in die Endlichkeit allen organischen Materials mit einer gehorsamen Lust, einer friedvollen Resignation. Nicht zu Asche würde man werden, sondern flüssig. Liquidiert.

Der Wagen war nach rechts abgebogen, Richtung Rezeption und Schwimmbad, sie konnten nicht erkennen, vor welchem Wohnblock er hielt.

Sophia beugte sich weit über das Geländer, um zu sehen, wohin er fuhr, wo er hielt. Im selben Moment lief Annika vorbei.

«Annika!»

Die Freude in der eigenen Stimme machte sie glücklich. Ein eigenartiges Gefühl: Sich selbst Grund zum Glück zu liefern, dadurch, daß man sein Herz an jemanden vergab, der nicht danach gefragt hatte, der möglicherweise darüber weniger selig war als man selbst. Annika forderte durch nichts zum Geliebtwerden auf, auf den ersten und viele folgende Blicke war und blieb sie unscheinbar, sie hatte noch nie jemandem gefallen. Das gab ihr eine unbestechliche Festigkeit. Sie konnte nicht werben. Ein klobiges Kind. Sophia hatte sich in sie verliebt, gegen jede Wahrscheinlichkeit, das begriff und bestaunte sie nun. Eine echte Herzensangelegenheit, in der Eitelkeit keine Rolle spielte. Annika würde sie kümmern, von nun an.

Resümee einer Reise, gewissermaßen ihr Klappentext: drei neue Freunde, eine neue Liebe, mit einer alten Frieden geschlossen. Keine schlechte Bilanz. Zusammenfassungen müssen nicht wahr sein, nur glaubhaft. Sophia lächelte.

«Was ist los?» Sie lehnte sich so weit über das Balkongeländer, daß sie fast ihr Gleichgewicht verlor. Johannes war aufgesprungen und hatte sie am Kleid erwischt. Der Griff so fest, daß der Halsausschnitt schnürte.

Annika schaute auf und deutete als Antwort nur in die Richtung, in die sie unterwegs war, sie trug die Bärenpantoffeln und den Jeansrock vom ersten Tag. Und den Gesichtsausdruck derjenigen, die in wichtigen Geschäften unterwegs sind und es sich nicht leisten können, aufgehalten zu werden.

«Ich komme mit!» rief Sophia, schon halb umgewandt, im Ton einer Ankündigung, die viel weiter reichte als bis zum nächsten Augenblick.

Am Abend saßen fast alle Bewohner der *Vacances Royales* zusammen, um zwei häßliche Gasgrillgeräte geschart, die aussahen wie Miniatur-Ufos. Hexlein und Ti hatten den Tag mit Einkäufen und Einladungen verbracht, von einem Eifer beseelt, dessen Ursachen niemand recht begriff; man nahm ihn hin wie ein angenehmes Programm, das mitgebucht war. Sie waren von Tür zu Tür gegangen und hatten, wenn sie niemanden antrafen, handgeschriebene Zettel hinterlassen, öffnete jemand, hatten sie in einem Sprachpotpourri, das Esperanto hätte sein können, zu dem gemeinsamen Essen eingeladen. Johannes meinte dazu, daß ihnen das Seminarleiterdasein in Fleisch und Blut übergegangen sei. Welche Seminare? hatte Sophia verblüfft zurückgefragt (schließlich hatte Ti angegeben, er sei Ingenieur). Aber Johannes hatte nur mit den Achseln gezuckt und Seminare in Lebenskunst aufgeschrieben, unterrichtet von Lebenskünstlern. Im übrigen gab es keine Konkurrenz zu den Grillabenden, die unmittelbare Nachbarschaft lud zu nichts ein außer Vermeidung, und die Kneipen in Kelmis waren so nahe liegend wie der Mond.

Und vielleicht teilten alle das Bedürfnis, das Ereignis des Tages, wenn schon nicht zu besprechen – in welcher Sprache auch –, im Kreis der Bewohner und Gäste kursieren zu lassen, trinkend, essend, rauchend. Wer hat sie eigentlich gekannt? Wer hat sie gefunden? Wer den Arzt benachrichtigt? Die russische Sofia?

Sophia begann, nachdem all diese Fragen nicht hatten beantwortet werden können, in stockendem Englisch zu berichten, wie sie Annika in ihren Pantoffeln leicht eingeholt hatte und sie gemeinsam am Schwimmbad vorbei zu dem hinteren Wohnblock gelaufen waren, vor dem der Notarztwagen geparkt hatte.

Das Geheul des kleinen Hundes war schauerlich. Heiser vom Klagen. Annika hielt sich die Ohren zu und blieb an der Haustür stehen.

«Warte hier auf mich», sagte Sophia, in die Hocke gehend, damit sie Annika eindringlicher anschauen konnte, «warte hier.»

Sie hastete die betonierte Treppe hinauf, drei Stockwerke, dann war das Kläffen ganz nah.

Sie ging durch die offenstehende Tür der zweiten Wohnung, Notarzt und Sanitäter in knalligen Westen umstanden das Bett im vorderen Raum. Sie packten ein. Sophia erkannte die kleine Frau, die den Hund spazierengeführt hatte. Sie war tot. Und sah aus wie ein Schulkind mit schlechter Haut. Sie lag mit angewinkelten Beinen auf dem Rücken, die Arme über den Kopf geworfen, als hätte sie sich auf der Flucht ergeben. Der viel zu weite Kaftan, den sie am ersten Tag getragen hatte, lag in müden Falten, ein Segel bei Windstille. Es stank.

Der Arzt fragte Sophia auf französisch, ob sie eine Verwandte sei. Sie schüttelte den Kopf, machte eine Geste, die bedeuten sollte: Ich wohne nur hier.

Der Pächter trat zusammen mit Annika durch die Tür, er schaufelte sich mit rudernden Bewegungen durch die bereitwillig zurückweichenden Sanitäter.

«Jolanda Pokorny», sagte er und drohte mit einem Papier, als müsse er die Tote überführen. Annika hatte den Hund in den Arm genommen und drückte ihn an sich. Er war verstummt, nur das Zittern war geblieben.

«Wir sind dann gegangen, Annika, der Hund und ich»,

beschloß Sophia ihre Erzählung, «den Rest kennt ihr: Matthias und Christiane» – sie wies auf die beiden, die Rükken an Rücken neben ihr saßen – «Matthias und Christiane haben alles organisiert. Morgen um 11 wollen wir eine kleine Gedenk- und Trauerfeier für Jolanda abhalten. Kommt bitte.»

Sie hielt inne. Johannes wollte etwas mitteilen:

– Es ist wichtig. Kommt.

It's important, wiederholte Sophia. *Make sure to come.*

Alle nickten und murmelten etwas Zustimmendes; dann aß und trank man, und das Stimmengewirr, gelegentliches Lachen stiegen auf in den erstmals sternenlosen Himmel und verloren sich da wie eine nicht besonders bedeutende, luftgewebte Botschaft.

Sophia und Johannes hatten ihre Abfahrt um einen Tag verschoben.

– Sieben Tage.

Johannes spreizte fünf Finger der einen Hand und zwei der anderen.

– Genug Zeit, um eine Welt zu erfinden.

«Komm», erwiderte Sophia nur, «wir müssen los. Es ist soweit.»

Das Innere der Kapelle war so freudlos wie Umkleidekabinen in einem heruntergekommenen Schwimmbad. Ein giftiger, süßer Geruch machte die Luft schwer, der Geruch der Schminke, mit der man die Verwesung übertünchte. Vermutlich um dem Kahlen das Niederschmetternde zu nehmen, hatte man auf einem Sims, das die Wände entlanglief, in unregelmäßigen Abständen Plastikblumenarrangements verteilt, denen angesammelter Staub den letzten Rest von Farbe ausgetrieben hatte.

«Ausgerechnet sie halten eine Ewigkeit», hatte Sophia geflüstert, die mit Johannes, Ti und Hexlein vor den anderen eingetroffen war. Die Bemerkung war unsinnig, und eigentlich gab es nichts zu tun, das eine frühere Ankunft erfordert hätte. Jolanda lag kalt zwischen den Holzbrettern, ein Körperchen wie das einer Turnerin, die vergessen hat zu wachsen, unter den schweren Lidern mit den geplatzten Adern wartete kein Blick mehr. Sophia und Hexlein zupften an den Blüten des Straußes, den sie alle zusammen gekauft hatten, und legten ihn auf den hellen Holzsarg, die Männer schoben ihn einen Zentimeter nach rechts, einen nach links, dann stand man ratlos still.

Einmal hatte Sophia gemeinsam mit ihrem Mann eine Reise zum Grab seiner Großmutter unternommen. Auch innerlich brachte sie es noch immer nicht fertig, ihn bei seinem Namen zu nennen. So, als würde das auf eine Verfügbarkeit verweisen – du brauchst mich nur zu rufen! –, die längst mit niederschmetternder Gewißheit beendet war. Die Großmutter lag in Wyk auf Föhr begraben. Während der Wind an ihren Jacken riß, hatten sie reglos vor dem Grab gestanden, außer dem Namen und den unumstößlichen Zahlen ihrer Lebensspanne stand nichts auf dem Stein. Unsere einzige Vollendung.

Sophia hatte versucht, sich in die Zwiesprache einzuschleusen, die er wohl mit ihr hielt: *Darf ich dir meine Gefährtin vorstellen, das Leben ist kompliziert, und dies ist seine schönste Komplikation. Du wirst es verstehen.*

Von der Großmutter hatte er viel gesprochen, von den Sommern, die er in ihrem Schutz und Schatten verbracht hatte, von der wunderbaren Gelassenheit, die sie ausgestrahlt hatte: Sei, wie du bist. Nie habe er jemanden gekannt, der so wenig Interesse an Macht hatte – denn das sei Erziehung ja schließlich auch. Sie habe im Glanz ihres Machtverzichts regelrecht geleuchtet, gemach, niemals in Eile. Wer nicht herrschen will, der muß auch keine Zeit gewinnen.

Und Sophia hatte damals gedacht: Wie schön, daß bei uns beiden die Großmütter die feste Burg waren. Sicher kein Zufall. Nun war es anders. Die Grazie solcher Annahmen war erloschen. Das Ätzende der Verleugnung sickerte überall durch, tränkte alles. Sie dachte: Und da wollte er, daß auch ich ihn so liebe. Liebe wie seine Großmutter. Daß ich alles an ihm liebe, vom ersten Scheißhäufchen bis zum Verrat, mit der schönen Ergebenheit, den echte Mütter oder

Großmütter den von ihnen verursachten Wesen entgegenbringen.

Ein Windstoß holte Sophia zurück. Johannes stand an der jetzt weit offenen Tür der Kapelle und empfing die Ankommenden wie ein Gastgeber: Annika mit dem kleinen Tarnów im Arm, der die Pfoten hängen ließ wie tot, dann Raissa-Michaela (war es nicht ihr gutes Recht, dachte Johannes erneut, ein neues Leben mit einem neuen Namen zu behaupten), die beiden Jungen, die sich um den Bierkasten geprügelt hatten, die Kroaten, die polnischen Bauarbeiter, die russische Sofia, die Nachbarin, die den Bademantel gegen ein schwarz geblümtes Kleid getauscht hatte, die Frau des Pächters in Rot. Nur ihr Lippenstift nahezu schwarz. Alle bewegten sich mit einer hölzernen Gemessenheit, als würde die Tote einen Taktstock führen. Annika biß sich auf die Unterlippe, wippte in den rosa Schuhen, lehnte sich an die voluminöse Handtasche ihrer Mutter. Ihr Blick suchte Johannes.

Die Trauergesellschaft war vollzählig. Einer der Polen stellte einen Ghettoblaster auf den Boden neben dem Sarg. Das Radio war voller Farbspritzer, der letzte Einsatzort war ganz offensichtlich eine Baustelle gewesen. Er beugte sich erneut hinab, sichtlich froh über eine Aufgabe, und drückte den Startknopf. Chopin. *Nocturnes.* Die Klavierläufe perlten unbeeindruckt von der Schäbigkeit der Wiedergabe und des Raums. Die russische Sofia schluchzte laut auf, schneuzte sich.

Als der Hund zu winseln begann, trat Annika mit ihm aus der zweiten Reihe hinaus und setzte ihn rechts neben den Sarg. Seine großen, feuchten Augen schienen vor Kummer noch schwärzer.

Ti, der mit Hexlein im Hintergrund stand, sagte ungefähr: Wir nehmen Abschied von Jolanda, möge sie in Frieden ruhen und ohne Not, einmal, endlich – man verstand nicht alles, wegen der Musik, aber vor allem wegen des anschwellenden Geheuls von Tarnów. Daß ein so winziger Hundeleib eine derartige Lautstärke erzeugen konnte. Er bellte, kläffte, winselte, weinte, heulte: Seine Trauer war maßlos, und die kümmerlichen Beine, die sich gegen den rohen Estrich stemmten, trugen sie kaum. Annika liefen Tränen über das Gesicht – alle Frauen weinten jetzt, die Männer starrten, als wollten sie verhindern, daß ein Lidschlag ihre dürftige Fassung gefährdete.

Annikas Mutter kramte unter Schluchzen in ihrer großen Handtasche, fand ein Taschentuch, wischte sich das Gesicht ab, trocknete die Augen. Zog einmal kräftig hoch. Als sie wieder in die Tasche griff, hielt sie einen Revolver in der Hand, Johannes dachte zu seiner eigenen Überraschung nur, daß er aussähe wie ein Armeerevolver, als sie bereits zielte, abdrückte.

Die Kugel schlug ein und schleuderte Tarnów in die Luft, er vollführte mit fliegenden Pfoten eine Pirouette zu brausender Musik, das größte Kunststück kurz vor dem Schlußapplaus, dann stürzte er zu Boden.

Im Zentrum der Explosion, im Brennpunkt des Schusses, lieblich von Klaviermusik aus dem heiseren Radio umsäumt, vernahm Sophia mit durch die Ungeheuerlichkeit geschärften Sinnen einen Schrei, einen Ruf, einen Aufruf oder vielleicht einen Protest, *Courage*, verstand sie, *Courage*! Ein Wort. Der Anfang.

Die Stimme von Johannes.

Thomas Glavinic im dtv

»Erzähler erzählen Geschichten, Erzähler von Rang wie Thomas Glavinic erschaffen Welten, in denen wir uns verlieren.«
Ulrich Weinzierl in der ›Welt‹

Carl Haffners Liebe zum Unentschieden
Roman
ISBN 978-3-423-**13425**-5
Thomas Glavinics hochgelobtes Debüt des 1910 ausgetragenen Schachweltmeisterkampfs zwischen Carl Haffner und dem Philosophen Emanuel Lasker – ein psychologischer Schlagabtausch auf Leben und Tod.

Der Kameramörder
Roman
ISBN 978-3-423-**13546**-7
Das erschütternde Protokoll eines für die Medien arrangierten Doppelmordes und ein ebenso verstörender wie atemberaubender Kriminalroman über die gefährliche Macht des Fernsehens und die Abscheulichkeit von Reality-TV.

Die Arbeit der Nacht
Roman
ISBN 978-3-423-**13694**-5
Wie lebt man in einer menschenleeren Welt? Thomas Glavinic hat einen Albtraum in die literarische Realität geholt. Ein gewagter und suggestiver Roman.

Wie man leben soll
Roman
dtv premium
ISBN 978-3-423-**24392**-6
»Eine wunderbare Anleitung zum Überleben für alle Zeitgenossen, die gern ungestraft dick wären, am liebsten von Erbtanten leben würden und partout nicht kapieren wollen, warum zur Vollständigkeit des Daseins eine schöne Frau unbedingt dazu gehört.«
(Nürnberger Nachrichten)

Bitte besuchen Sie uns im Internet: www.dtv.de

Arno Geiger im dtv

»Arno Geiger schreibt große Literatur, mit jonglierender und doch so bodennaher Kunst wie man sie kaum findet im neuen Österreich oder sonst wo.«
Franz Haas in ›Der Standard‹

Schöne Freunde
Roman
ISBN 978-3-423-**13504**-7
Die phantasiereiche Geschichte eines Kindes, das auszieht, erwachsen zu werden. Ein Roman, der die Untiefen der menschlichen Seele berührt und doch durch und durch komisch ist.

Kleine Schule des Karussellfahrens
Roman
ISBN 978-3-423-**13505**-4
Philipp ist ein moderner Taugenichts. Als er der unorthodoxen Lila begegnet, die eine Vorliebe für Pflastersteine und klirrende Fensterscheiben hegt, wird er aus dieser Lethargie jedoch aufgerüttelt. Denn Lila erweist sich als Virtuosin in der Kunst, mit diesem ordentlichen, allzu vorgezeichneten Leben einmal gründlich Karussell zu fahren ...

Es geht uns gut
Roman
ISBN 978-3-423-**13562**-7
Philipp Erlach hat das Haus seiner Großmutter in der Wiener Vorstadt geerbt, und die Familiengeschichte, von der er definitiv nichts wissen will, sitzt ihm nun im Nacken. Deutscher Buchpreis 2005.

Irrlichterloh
Roman
ISBN 978-3-423-**13697**-6
Fünf Menschen auf der Suche nach der Liebe und sich selbst – ein wunderbar abgedrehter Liebesroman voll Witz, Drive und lodernder Phantasie.

Anna nicht vergessen
ISBN 978-3-423-**13785**-0
Über Liebesdesaster und Lebensträume, über Menschen, die nicht vergessen werden wollen: Arno Geigers brillante Erzählungen.

Bitte besuchen Sie uns im Internet: www.dtv.de